作者／翁裕庭
繪者／步烏&米巡

少年一推理事件簿 5

科學怪探的祕密·上

不要相信自己的眼睛！

推理，離不開人性的覺察與掌握。每一個細微的線索，都暗藏著可能的答案，需要孩子們好好思考來研判。《少年一推理事件簿》這一系列，是很適合兒童和青少年學習察言觀色、解讀人心、同理對方感受的好作品。透過故事的鋪陳，讓孩子可以跳脫固著的思考，喚起自己掌握人事物的訣竅。

——**王意中** 臨床心理師

這套書的特色在於，不只是文字式的小說閱讀，還增添了「科學知識的破案之鑰」，這樣知識型、推理型、文學型兼具的小說，同時考驗

著孩子的智慧與閱讀能力。尤其現在教育重視「素養」，在在考驗孩子跨領域、文圖共構的閱讀力，這套書，確實可以擔任典型的基礎培力素材。

——**林彥佑** 高雄林園國小教師

這套書，每一本都有幾個小故事，每篇故事在劇情之中鋪陳了層層的推理練習、邏輯思考，謎底揭曉之後還有「破案之鑰」說明科學知識。內文雖然沒有注音，但用字遣詞淺顯易懂，而且故事背景以校園生活為主，相信可以引起孩子的興趣。

——**花梅真** 臺北市明德國小教師

（依姓氏筆畫排序）

目錄

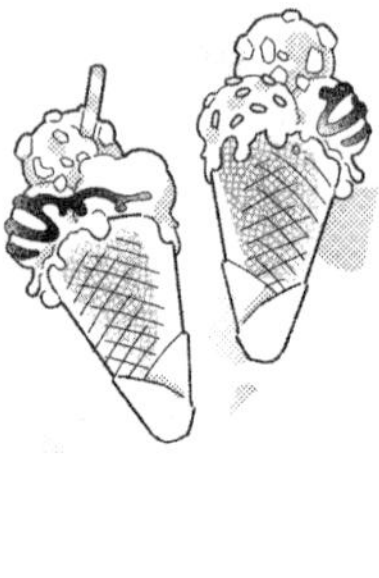

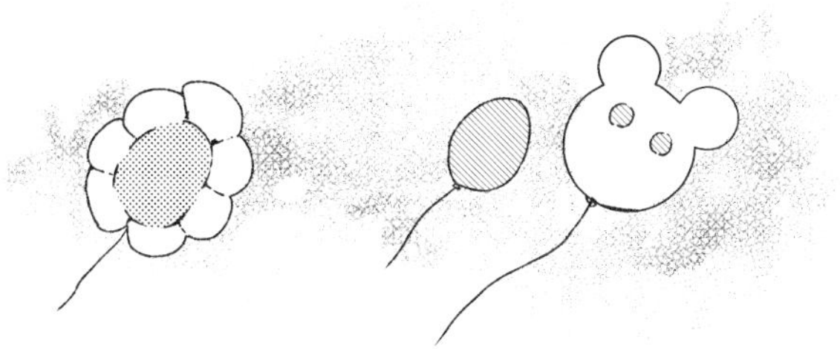

主要人物介紹

黃宗一・新來的怪咖轉學生。白上衣、黑長褲，中分髮、身上帶了一只公事包，是個事事講求精確的對稱控。行事風格獨特，興趣是研究科學，認為真相需要科學證據。綽號「科學怪探」。

隋雲・安靜、領悟力高，因為身體障礙，經常睜著一雙明眸，在一旁冷眼旁觀，但每到關鍵時刻，卻能提出令人無法否認的觀點。是黃宗一在知性上的勁敵。

蕭莉玲・擁有一對米老鼠般的招風耳，聽力絕佳，別號「順風耳」，是許佳盈的好朋友。

卓伯康・家裡開傳統剉冰店，但因為卡激凍冰淇淋崛起而面臨倒閉危機。和卡激凍老闆的兒子廖宏翔是超級好朋友。

王元霸・班上最高大的男生，跆拳道高手，原以惡霸形象著稱，自從黃宗一出現，漸漸展現不同的面貌。

宋謙・王元霸的好友，體型壯碩，事事以王元霸馬首是瞻。

許佳盈・家境富裕的千金大小姐，在一些同學眼中可能顯得嬌生慣養。身材略微豐滿，留著一頭波浪卷髮。

方逸豐・身材普通、長相普通、成績也普通，卻能言善道，是班上的意見領袖，與第二號美女湯子怡是班對，也是高勝遠的好朋友。

章均亞・身材嬌小、打死不退的小鋼砲。個性喜歡打破砂鍋問到底，自認有舞台魅力，夢想成為大明星。

第一話 破窗玄機

氷

我喜歡吃剉冰。以刨出來的碎冰為地基，再搭配果凍、布丁、粉圓、霜淇淋和各式水果切片，最後淋上糖漿與煉乳，色彩繽紛且誘人可口。這種人間美味我從小吃到大，因為我家就是開剉冰店，但我可不是吃免錢的，我爸說吃一碗就得在店裡頭打工一小時。這樣算起來，時薪才六十塊而已，簡直把我當成廉價童工！

不過從去年開始，我不必在店裡頭打工了，就算吃再多碗冰也不用。這可不是什麼好事，不用幫忙是因為沒有多少客人上門，大家都跑去光顧隔壁巷的「卡激凍冰淇淋專賣店」。

我媽提議把店面收一收，說開店的每一分鐘都在賠錢。但我爸堅持打死不退，說這家店他開了十五年，是一輩子的心血，就算整條街只剩下他的冰店，也絕不收攤！他還跟我說，冰店將來由我繼承，我得想辦法把生意重新做起來。

什麼？這……天啊！真是晴天霹靂！也不問問我將來的志願，就直接要我當冰店老闆，還得讓生意起死回生，壓力超大！真是無解！

・・・・・

到校後，暫時放下做生意的煩惱，眼前卻有棘手的狀況需要解決，因為教室旁邊的男廁臭氣沖天，惹得所有人不高興。班上男同學寧願大老遠跑去音樂教室旁的另一間男廁解放，甚至上下樓去用其他樓層的廁所。

「好臭！」章均亞抱怨。

「是男生的尿騷味，」蕭莉玲說：「誰叫我們班就在廁所旁。」

「你怎麼知道這是男生的尿味？」何文彬說：「搞不好是你們女生的。」

「還強辯，我明明看見你跑去音樂教室旁邊的男廁，」蕭莉玲瞪他一眼：「要是不臭，你幹嘛不在我們班旁邊的男廁噓噓？」

「說不定女廁也很臭，」何文彬嘻皮笑臉的說：「這股尿騷味你們女生可能也有貢獻。」

「你講這話會被老大揍扁，女廁可是她負責打掃的，裡面一點灰塵也沒有，」章均亞的視線轉向錢若娟：「老大，你說是吧？」

只見錢老大眼神呆滯。自從前幾天張旋失蹤之後，她就一副失魂落魄的模樣。劉孟華雖然回來了，但一直躺在醫院裡昏迷不醒。

「是誰負責打掃男廁？」蕭莉玲問。

好幾個人的目光投向我。唉，真衰，居然分配到打掃男廁。

「卓伯康，你偷懶沒打掃嗎？」宋謙問。

「我每天都有掃，」我趕緊回答：「還用拖把用力抹過地板。」

「只用拖把是不夠的，」章均亞說：「我們老大還噴了清潔劑用力刷洗，這樣才能澈底除臭。」

「用清潔劑也無濟於事啦，」蕭莉玲說：「男生噓噓都亂噴，還噴了一地，就算今天用清潔劑刷洗，明天照樣亂噴，尿騷味永遠去除不了。」

「你怎麼知道男生噓噓會亂噴，」何文彬一臉賊笑的說：「你有看過喔？」

蕭莉玲臉紅了。

「哪有，」她說：「是我媽說的，她常罵我哥上廁所亂噴。」

「我可不會，」邱政突然插嘴：「我沒有這種壞習慣。」

但沒人搭理他。通常這種時候，錢若娟會出面打圓場，不過現在的她形同廢人。

「黃宗一，你說呢？」邱政把矛頭指向黃宗一。

「說什麼？」

「你不覺得臭嗎？」

黃宗一沉默片刻才回答：「的確有臭味。」

「你可以想想怎麼解決尿騷味的問題嗎？」邱政又說：「該不會又要回答『我拒絕』吧？」

黃宗一沒說話，反而提起公事包，要全班男生跟他走，目的地正是教室旁邊的男廁。大家不是拿出手帕，就是伸手臂摀住口鼻，只有黃宗一無動於衷，默默取出手套戴上，彎腰低頭檢視白色的小便斗和廁所地板。

明明昨天才刷洗過，小便斗裡外卻留有淡淡的黃色痕跡，一整排七座小便斗的狀況如出一轍，就連地板上也有噴濺後乾掉的尿漬。

「幹嘛來這裡？」王元霸不耐的問：「掃廁所又不關我的事。」

氣氛一時變得很緊繃。黃宗一突然走向我，伸手遞出塑膠手套和抹布。我呆呆的收下，不知他要做什麼。

「先把小便斗沖洗乾淨，然後把內部擦乾，」他說：「每一座都要擦。」

我聽命行事，把七座小便斗沖得乾乾淨淨，又擦拭得不留任何液體。接著黃宗一拿出一張紙給我，上面有十幾個直徑約莫一公分的黑色圓點。

「每座小便斗各貼一張，貼在內側呈L型的彎曲處中央。」

我輕輕一剝，原來每個小黑圓點都是貼紙，於是我逐一貼上。

「貼那個要幹嘛？」邱政問。

「尿液中含有氨，蒸發後會產生所謂的尿騷味，」黃宗一回答：「只要避免尿液噴濺在小便斗外，地板不累積尿漬，尿騷味便可大幅減輕。」

「就憑那麼一小張貼紙？」

「別小看這張貼紙，就當它是個黑洞，可以吞噬所有尿液。」

「這麼厲害？」高勝遠問：「就像哆啦A夢的百寶袋？可以通往

另一個空間？」

方逸豐走上前，看著小便斗內的小黑圓點。

「我懂了，黑洞只是個比方，」他說：「好比人生要有目標一樣，上廁所時一看到這個黑色圓點，當下會想鎖定目標，不自覺往那個黑點瞄準。」

黃宗一點點頭。

「環境衛生，人人有責，」他說：「只要小便斗乾淨、地板上沒有任何尿漬，尿騷味自然會消失。」

「聽起來滿好玩的，」何文彬走向小便斗：「我來試試。」

氣氛由緊繃轉為輕鬆，我也趁機把男廁的地板清潔一番。尿騷味頓時減輕不少，我也鬆了口氣。

謝謝你，黃宗一，我在心裡默念。困擾我好幾週的難題，一下子被他擺平了。

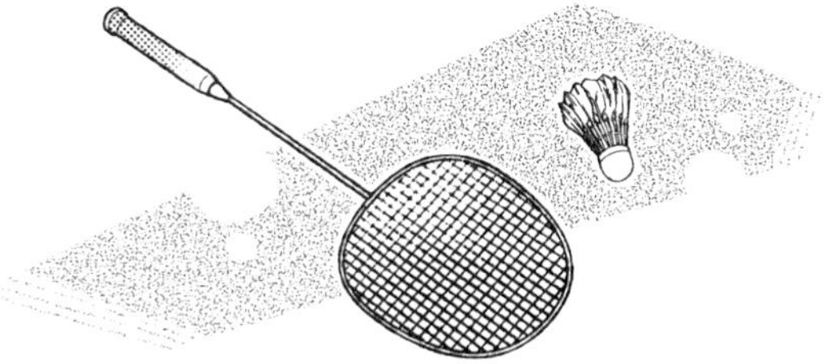

上廁所不用再捨近求遠，但又有新的問題產生。今天的羽球課改在操場上課，因為羽球館的玻璃窗被打破了。

「改到操場上羽球課？」鄭少傑抱怨：「今天風很大欸！」

「據說是出於安全考量，」湯子怡說：「因為羽球館的地板上散落不少玻璃碎片。」

「是會多到哪裡去？掃一掃就沒事了，」王元霸說：「就算有碎片遺漏沒掃掉，踩到也不會有事，反正大家都穿著球鞋。」

「請顧慮一下我這個沒錢的可憐人好嗎？」何文彬說：「我穿的舊鞋鞋底超薄，萬一踩到碎片就GG了。」

一旁的女生議論紛紛，表示今天很熱，不想在操場打球。

「各位請安靜，」負責上體育課的志雄老師趕緊安撫大家：「天

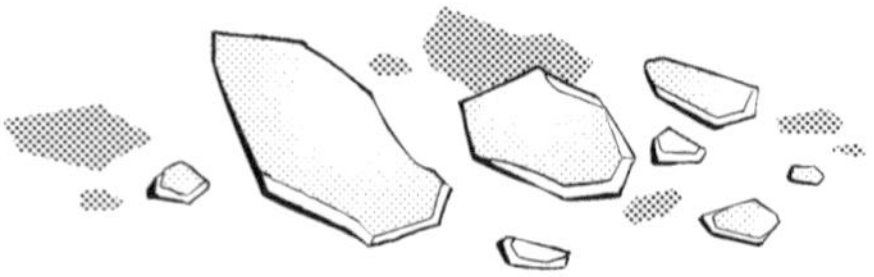

氣是很熱，不過流汗總比流血好吧！」

「不行，我的球技會受到風勢影響，」邱政憤恨不平的說：「我非找出打破玻璃窗的犯人不可。」

說完他一轉頭，逕自跑向羽球館。

「我去勸他別衝動，」何文彬一溜煙跟了過去。

「老師，我也去，」章均亞說：「我們女生比較細心，會幫忙留意地上還有沒有碎片。」

接著她揮揮手，轉身也走了。

「太陽這麼大，我白皙粉嫩的肌膚哪受得了！」

這次走向羽球館的人是許佳盈。

「我陪你去！」蕭莉玲喊道。

又走了一個，這些人根本沒把志雄老師放在眼裡。老師輕歎一口氣，無奈的說：「大家一起去瞧瞧吧。」

一走進羽球館，遠遠就看見我們班的三個女生，正圍繞著某人嘰嘰喳喳，而邱政和何文彬卻呆站在一旁。

距離拉近之後，立刻聽見對話。

「你沒事吧？」章均亞對那個某人說：「有沒有嚇到？」

「沒事啦，我戴著耳機，什麼都沒聽到，」那人回答。

「玻璃碎片有沒有噴到你？」蕭莉玲問：「真的太危險了！」

「我剛好不在高窗附近，所以毫髮無傷。」

「要不要送你去保健室檢查一下？」許佳盈也說：「我可以扶你過去！」

「謝謝你們大家的關心，我真的沒事，」那人回答：「等一下莊杏兒會來接我。」

三個女生頓時閉嘴，一旁的兩個男生擺出臭臉。這時候我看清楚了，被他們圍在中間的是六年二班的顏立弘。原來如此，我明白怎麼回事了。

顏立弘有一張超級清秀的娃娃臉，而且濃眉大眼，簡直像從漫畫走出來的帥哥主角。他是班上男生的眼中釘，可是極受女生青睞。唯一遺憾的是，他是小兒麻痺症患者，走路不良於行。據說他堅持不用拐杖，不過沒差，反正有一堆女生願意服侍他、幫他拿東西。我覺得他就像打電動時搶到一堆武器，可是最重要的武器卻使不上力。

「你怎麼還在這裡？」志雄老師也來了。一見到顏立弘，他問：「你們班不是改在籃球場練球？」

「老師說我可以繼續留在這裡看書，」顏立弘說：「反正我也上不了場。」

「喔，也是啦……」志雄老師支吾其詞。

「顏立弘是犯罪現場的第一發現者哦！」章均亞喊道。

顏立弘開始說明情況。當時他戴著耳機，背對著左側牆上的那排高窗，完全不曉得發生什麼事。後來不知怎地，他回頭一看，才發現最左邊的那面高窗破了，地上灑落許多玻璃碎片。他用羽球館的室內電話機通報訓導處，韓校工剛才已經過來清掃乾淨。

「哇，你的第六感好強喔！」蕭莉玲讚歎。

「什麼第六感，是背後靈吧，」何文彬小聲嘀咕著。

這座羽球館的內部格局像個長方體，高度至少有三四層樓。燈具高高掛在天花板上，四個球場空蕩蕩的，全都沒架上網子。距離門口較近的兩個球場中間，停了一台自走式高空作業車。

入口大門位於較短的牆面，與大門相對的另一面短牆後方設有更衣室和盥洗室，館內左右兩側的牆面較長，各安裝了六面玻璃窗，每一面都高不可攀，幾乎觸及天花板。破裂的那面高窗位在左側，是

離大門入口最近的一面。我抬頭望著那面破掉的玻璃窗，心念一動，隱約有個念頭一閃而過，卻來不及捕捉。

「作業車怎麼會停在這裡？」志雄老師問。

「要問韓校工，」顏立弘聳肩回答：「是他昨晚停在這裡的。」

「報警了嗎？」邱政問。

「韓校工說報警沒用，」顏立弘說：「只會被警方當作是惡作劇處理。」

「打破玻璃窗的凶器是什麼？石頭嗎？」邱政又問。

顏立弘沒搭理他，反而對著隋雲講話。

「你的座車看起來很高檔。」

隋雲置若罔聞，毫無反應。

「但以性能來說，你的只能在地上跑，我的卻可以飛上天。」

這句話聽起來像在唬爛，不過卻引起黃宗一的注意。我發現科學怪探移動視線。

「你也有輪椅？」高勝遠問。

「比輪椅更讚、更酷！」顏立弘搖著頭說。

「凶器到底是不是石頭？」邱政插嘴進來：「難道連同玻璃碎片一起清掉了？」

「大概是吧，」顏立弘不置可否：「你得去問韓校工。」

邱政轉身往外跑，我們一群人也跟著出去，但我瞄到黃宗一望著破掉的高窗發呆。到了戶外，只見邱政趴在羽球館旁的紅土通道上，像隻獵犬般的搜尋線索。

「有了！」他抬頭大叫：「這裡有鞋印！」

大夥兒湊過去一看，那組鞋印一大一小，看起來像是一顛一跛踮著腳走路。

「這不能算是破案線索，」方逸豐說：「應該只是顏立弘路過的

痕跡。」

「可是……」

黃宗一直接打斷邱政的話：「你們擠在這裡幹嘛？」

「通道這裡有一大一小的鞋印痕跡，」邱政搶著說。

黃宗一低頭看著那組鞋印，然後抬頭看著羽球館牆上的高窗，接著再仰望通道另一側的鐵製防護網。這座防護網架得很高，目的是為了在棒球場和羽球館之間作區隔。不知為了什麼原因，夾在防護網和羽球館之間的通道頗為狹隘，僅夠兩個人擦身而過。哪知後來棒球隊解散，這座防護網失去功能，棒球場也淪為停車場使用。

「鄭少傑，你的球借王元霸一用，」黃宗一說。

一臉疑惑的鄭少傑，把球掏給王元霸。

「王元霸，你用力往上丟球，」黃宗一說：「試試看能不能擊中那面破窗。」

奇怪的是，以王元霸的蠻力，居然試了好幾次都打不中。那顆棒球一再無功而返，好不容易有一次擊中了破窗旁的高窗，卻是軟綿綿的掉下來，沒造成任何損害。

「要離遠一點，去另一邊丟才行，」王元霸很不甘願的走到防護網的另一邊，卻被黃宗一拿走手上的球。眼前的情況就像是總教練奪走失分投手的球。這麼一來，鄭少傑成為臨危受命的救援投手。

「換你試試看，」黃宗一下達指示。鄭少傑走到停車場那邊，面對防護網這座高牆，先拿球比劃了一下，然後一步一步往後退。終於，他擺好投球姿勢，用力一擲，但那顆球應聲打在網上。他再試一次，儘管棒球勉強越過防護網，卻隨即墜落於另一邊的紅土上。

「你再往後退！」邱政喊道。

「防護網只比高窗矮一點，」鄭少傑說：「再往後退，投出去的球就更沒力，連網子都過不去。」

這時黃宗一掉頭走回羽球館，大家全都跟了進去。館內只剩下顏立弘和隋雲，前者戴著耳機在看書，後者坐在輪椅上就近端詳那台作業車。黃宗一對著顏立弘打手勢，請對方摘下耳機。

「結論出來了，」他宣布：「犯人並不是從館外丟石頭進來。」

「這怎麼可能？」邱政說。

「剛才已經實地驗證過了。」科學怪探說：「排除所有的可能後，剩下的就是唯一解答。」

「從館內動手？」邱政的視線投向顏立弘：「可是……」

「可是這裡只有我，對嗎？」顏立弘微笑著說：「館內的石頭和碎片已經被韓校工清走了喔，這不就代表凶器是從外面丟進來的嗎？就算是從館內丟出去好了，你們覺得我有這個能力嗎？」

現場一陣沉默。我看見幾個女生在搖頭，許佳盈甚至說：「絕無可能！」

「仔細搜尋館外牆邊的紅土，應該有機會找到殘餘的碎片，」隋雲出招了。

「這不奇怪啊，」顏立弘回應：「從館外丟石頭進來，玻璃碎片有可能因為反作用力反彈，噴灑在紅土上。」

「把撿到的碎片送去警局化驗，也許可以檢驗出犯人的指紋，」隋雲又說。

「會有這麼笨的犯人嗎？」顏立弘再度回應：「就算笨到留下指紋好了，碎片那麼細小，很難驗出指紋的啦！」

「如果犯人不小心被碎片割到手指，就會留下血跡，」隋雲繼續說：「即便血跡只有一絲絲，化驗室還是查得出來。」

「犯人哪會這麼笨！」聽顏立弘的口氣，他顯然動怒了：「一定會戴手套的！」

「你是說這副嗎？」宛若變魔術似的，隋雲從作業車上抽出一副

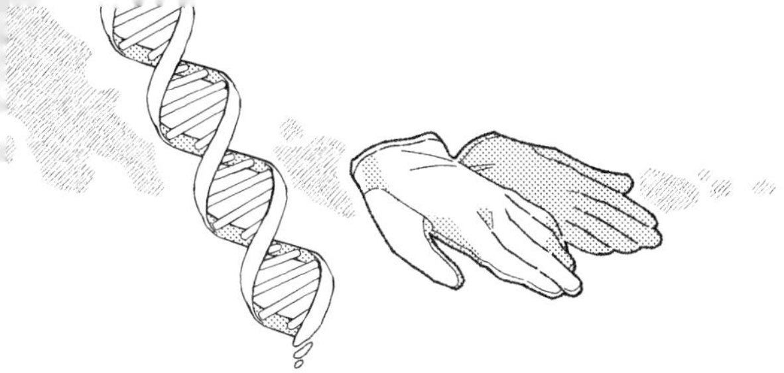

手套，當場眾人全都傻眼了。隋雲又說：「這副手套說不定可以驗出你的DNA。」

顏立弘突然笑了。「這不奇怪啊，」他拍手說道：「我很常待在這裡，拿手套來試戴不犯法吧？」

「隋雲，你幹嘛衝著他來？」許佳盈從中打岔：「重點是，他哪有可能把石頭丟那麼高？」

隋雲沒理她，反而與顏立弘對峙。

「更讚、更酷的座車，」她說：「就是這台吧。」

隋雲摁下自走式高空作業車上的按鍵，車上的可摺疊式平台隨即升起。平台上升到頂端時，她又摁下另一顆按鍵，平台內另有一座小平台橫向延伸出來，直至距離那面破窗大約一公尺才停住。

「如果是這樣的距離，即便是你，也可以丟石頭打破玻璃吧？」隋雲說。

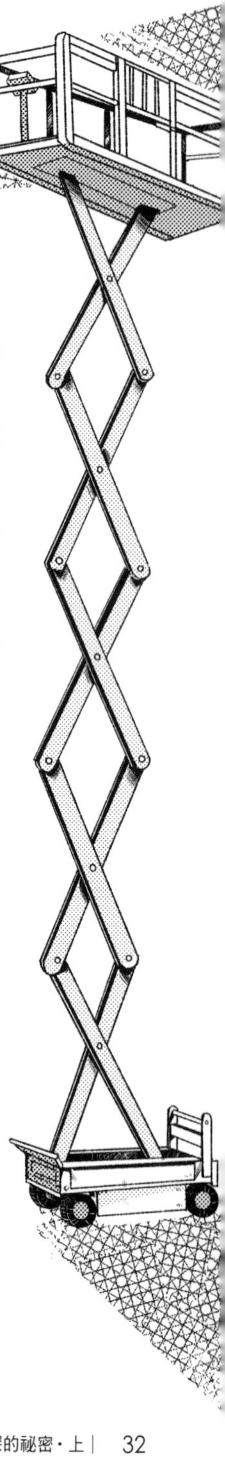

「不可能！」許佳盈說：「這麼高，我才不敢上去！」

「我也不行！」「太恐怖了，給我一百萬我也不上去！」「媽呀，我有懼高症！」……眾人七嘴八舌議論紛紛，沒有一個人表示自己敢坐上平台，直上三樓高空。

「你們這些沒用的膽小鬼！」突然之間，顏立弘破口大罵：「我就敢！我就是坐這台車上去打破玻璃的！」

蛤？我聽到了什麼？我簡直不敢相信自己的耳朵。所有人都呆若木雞，只有顏立弘憤怒的叫罵聲在館中迴響。

「升降平台上也有控制面板，所有動作都可以在上面操作。」隋雲淡淡的說：「上升和下降各花兩分鐘好了，你出去撿碎玻璃再回來，總共十分鐘夠用嗎？」

「別小看我！」顏立弘怒道：「十分鐘綽綽有餘！」

「所以……你……」志雄老師驚嚇過度，下巴快掉下來了：「你是打破玻璃的犯人？」

「你還懷疑喔？」顏立弘不可一世的說。

「為什麼？」余唯心不敢置信的問：「為什麼要做這種事？」

「因為我要獨享羽球館！」顏立弘大聲的說：「每次上體育課，我就被晾在一旁。後來我想到，只要打破羽球館的玻璃窗，校方一緊張，絕對會禁止學生使用，如此一來，這裡不就變成我的私人地盤？我很聰明吧？」

「你是不是頭殼壞了？」許佳盈快掉眼淚了：「在那十分鐘之內，隨時可能有人進來，你不就穿幫了？」

「我頭殼沒壞，我只是勇於冒險，」顏立弘宛如喃喃自語：「我還在想著要打破其他的窗……」

就在此刻，莊杏兒衝了進來。

「弘弘，對不起，我來晚了，我們回去吧……」話沒說完，莊杏兒就怔住了：「怎麼了？發生什麼事？」

「顏立弘，你哪裡也去不了，你要去的地方是警察局！」邱政瞪著顏立弘做出回應。顏立弘依舊堅持不讓任何人扶持，最後在志雄老師的陪同下前往訓導處。

・・●・・

放學回家途中，我不自覺的在自家巷口留步。這條商店街去年初還很熱鬧，如今卻蕭條落寞，毫無人氣可言。排在最前頭的第一家店面是服飾店，老早就不做生意了，鐵門已經拉下很久，破裂的玻璃窗也一直沒翻修。

對了，先前在羽球館裡稍縱即逝的念頭是什麼，現在我終於明白了。去年商店街裡第一家遭殃的，正是這間服飾店，半夜總是有人來敲碎玻璃窗，即使修補也沒用，隔天照樣破掉，裝了監視器也沒輒，連監視器都遭到破壞。服飾店老闆不勝其擾，只好關店搬走。

「你想通了？」

誰在跟我講話？我愣了一下，轉頭一看，居然是黃宗一。

「看到羽球館被打破的高窗，我突然想起去年的事，」我說。

黃宗一一副若有所思的表情，我想他一定聽說過商店街的事。
「這好比是骨牌效應，」他說：「窗戶破了，一家店倒了，沒多久另一家店也收了。破窗既然沒人修補，在這裡丟垃圾也不會有人管，最後連小貓小狗或流浪漢來尿尿都無所謂了。」
「然後這條街就澈底完蛋了，」我接著說，不禁想到今天遭遇的廁所事件和破窗，如果沒有黃宗一和隋雲出面，會發展成什麼狀況？
「如今還沒倒閉的，只有你家開的冰店？」
我點點頭。
「所有的災難，是在那個人來我們冰店之後發生的。」
「那個人是去吃剉冰？」
我搖搖頭。
「那個人來叫我爸把生意收掉，店面賣給他。」
「你爸當然是拒絕了。」黃宗一停頓了一下，接著又問：「那個人是誰？」

我猶豫著要不要把答案説出口。

「他是『卡激凍冰淇淋』的老闆，」最後我説。

「廖宏翔的父親？」

我只能點頭回應。

「你們打算怎麼辦？繼續抗爭下去？」

我哪知道？勢力這麼龐大的敵人，能擊敗他的機率非常渺小。

我無言以對。無解。

真相需要科學證據！

只要垂直和水平的氣力分配得當，球要丟得準自然不難；分配不當，丟不準也只是剛好而已。當然，實際操作時還得考慮力氣大小，否則就算瞄得準也是無以為繼。

當使盡力氣、試過各種投球方向，卻都無法由外打破高窗，那麼就只能推測高窗是由內打破了——這其實也算是一種「巧勁」吧！

科學眼 力有方向和大小，可相加也可分解。把力分成垂直與水平分力再相加，可讓物體受力的狀態變得更容易分析理解。

破案之鑰

球要怎麼丟才丟得準？

很多事，不是靠蠻力可以達成，得要靠巧勁，投球就是其中一項！想要精準的以球破窗，除了必須考慮力氣大小、使力方式，更要講究擲球方向。舉例來說，即使是大力士，若直直把球往上丟，雖然可能丟得很高，但因為力氣全花在垂直的方向上，缺少橫向的力，因此無法擊破玻璃。但如果因為想使勁打破玻璃，而把大部分力氣用在水平方向，卻會使球無法達到高處，也無法命中目標。

如何知道一股力氣在垂直與水平方向的大小呢？可利用座標來分析。任何力都可分解成互相垂直的分力。把力畫在座標上，分別往 X 和 Y 軸畫出垂直線，相交處就是分力的大小。

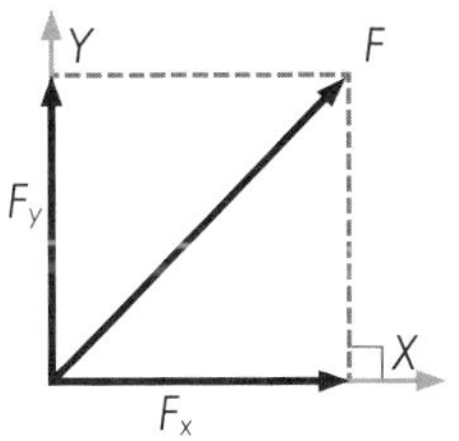

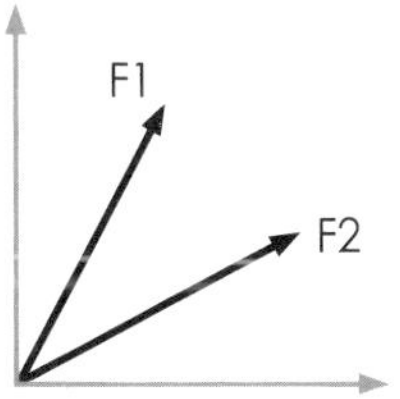

例如上方的左圖，力 F 在垂直方向上的分力為 F_y，在水平方向上的分力為 F_x。你可以自己試著畫出右圖裡 F1 和 F2 的分力。

第二話 第二號美女

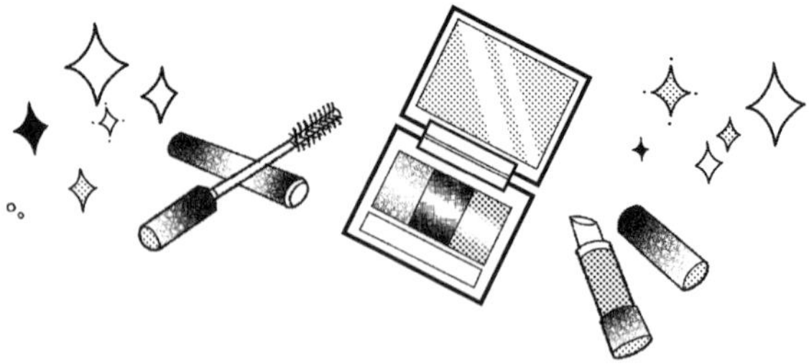

戀愛中的女人最美。廣告詞是這麼說的，我那個念高中的大哥也這麼形容他的女友。老實說，我不覺得我哥的女友有多美，頂多就是有點可愛吧，不過倒是愈來愈會打扮。眼線一畫眼睛整個變大，唇膏一塗，嘟嘴有如櫻桃小口，粉底一打痘痘不見了，神奇的是，連髮型和穿著都變得有特色。好吧，戀愛的確會幫女生加分。

但我也要說，老天爺是不公平的。姚夢萱根本沒在談戀愛，卻美到聲名遠播，一堆外校男生都跑來要她的電話。湯子怡是有男友沒錯，不過開始交往是最近一年的事，但她之前早已是公認的美女，美不美跟戀愛完全無關。

至於我們班的第三號美女是誰，我自認為很有機會，看看其他競爭對手就知道了。錢老大？抱歉，她是男人婆。章均亞矮不隆咚，馬玉珍瘦得像竹竿，許佳盈肉太多。隋雲？嗯，好吧，長得還不錯，不過她坐輪椅，怎麼說就是矮人一截。余唯心？我唯一要擔心的對手就是她，更何況她正對鄭少傑展開攻勢，萬一被她得手開始談戀愛，可就大事不妙……

好！決定了。我，蕭莉玲，務必搶在余唯心之前先交到男朋友，這麼一來，第三號美女的寶座就由我來坐了！

戰略已經確定，接下來就是鎖定目標。所謂近水樓台先得月，看來要先從班上男生下手。扣掉不合格和已有交往對象的男生，目前只剩下高勝遠和廖宏翔兩人……嗯，高勝遠被余唯心拒絕過，我才不要撿人家不要的。廖宏翔家裡有錢，跟他交往應該會很有派頭……好！決定了，我要對廖宏翔撒下情網！

・・・・・

「翔翔，跟你借一下橡皮擦。」

隔天上學，我跑去跟廖宏翔搭訕。他遞出一個紅白相間的方形橡皮擦。

「哇，你的橡皮擦好特別，就跟你整個人一樣好有品味喔。」

「他是哪裡有品味？」坐在廖宏翔前面的余唯心插嘴問。

「他的聲音、髮型、穿著打扮，統統都是品味一百分。」

我的回答很棒吧？哪知廖宏翔皺起眉頭。

「你是不是喉嚨不舒服？怎麼講話怪腔怪調？」他說：「還有，不要叫我翔翔，只有我媽才會這樣叫我。」

糟糕，一好球，揮棒落空！

中午吃飯時，趁余唯心不在坐位上，我坐到廖宏翔前面，轉身把便當盒放在他桌上。

「你在幹嘛？」他問。

「一塊吃嘛，我想知道你學大提琴的經過。」投其所好，這是我

精心設計的陷阱，這下子你逃不掉了吧？

「你學了多久？跟哪個老師學的？」

「從小一開始，已經學了五年。」他的口氣平淡：「我的老師據說是北部名師，但我不太清楚啦，反正是我媽安排的。」

「聽說莫札特和貝多芬的曲子你都會演奏，哇！好厲害喔！」

「還好啦，反正就是按部就班一直學……」他又皺起眉頭：「你幹嘛一直瞪著我？」

我瞪你？拜託，我是深情款款的看著你好嗎？

「你的眼睛怎麼了？眼眶一圈黑黑的很像熊貓眼，」他接著說。

什麼熊貓眼？我這是塗了眼線好嗎，你這個蠢蛋！冷靜，深呼吸……繼續下一波攻勢。

「你的紅蘿蔔看起來好好吃喔，分我一塊。」

我伸出筷子往他的便當盒挾過去，卻被他用筷子架開。

「你的嘴怎麼搞的？很像泡過紅藥水？」他的眉頭皺得更深了。

「你的筷子都沾到了，很噁欸，別伸進我的便當盒！」他說。

什麼紅藥水，是口紅好嗎？你懂不懂啊，真是不解風情。偏偏這時候余唯心回來了。

「幹嘛坐我的位置？」

哼，稀罕啊！結果我還來不及嘟嘴給廖宏翔看，就被趕回自己的坐位。不妙，兩好球，揮棒落空！

等到下午第二節下課時，出現新的契機。當時我正走在樓梯間，發現前方不遠處就是廖宏翔。我趕緊奔下樓迎向前去，算好時間刻意要在他面前跌一跤，而且打定主意要摔得楚楚可憐，讓他剛好及時抱住我，好喚醒他保護女生的本能。

嘿嘿嘿……沒錯！就是現在！我往他身上一倒，哪知他竟然閃身避開，結果我跌了個灰頭土臉。最可惡的是，何文彬還在一旁講風涼

話：「米老鼠仆街！可憐啊。」

什麼米老鼠，他就愛嘲笑我的一對招風耳。什麼仆街，都是廖宏翔害的，他沒接住我，反而閃開，一點也不懂得憐香惜玉。

慘，揮棒落空，三振出局！

・・・・・

放學回家路上，我反覆思索自己哪裡做錯了。還是說，我根本就挑錯目標？若是往外發展，六年二班和六年三班有合適的男生嗎？

「美眉！美眉！」

誰在講話？我四處張望，發現右前方有個大哥哥在跟我招手。

「在叫你啦，小美女，過來過來。」

哦！這個男生酷喔，偏長的頭髮有點飄逸，藍色襯衫和牛仔褲襯托出他個子修長，倚牆而立的姿態也很瀟灑。

哇！被帥哥搭訕了。我快步向前。

「找我有事嗎？」我用甜美的聲音講話。

「你不記得我啦？」他笑瞇瞇的說。

我在腦海裡搜尋，不確定是否見過這個大哥哥。他個子高我一個頭以上，看起來應該大我幾歲，是高中生吧。唯一的可能就是……

「你是我哥的朋友？」

「答對了，」他露齒而笑：「我跟你哥很熟，還去你家玩過。」

「不好意思，我沒馬上認出你來。」

我一邊說，一邊注意到他的眼神迷濛，彷彿會把你的靈魂吸進去似的。但他突然收斂起笑容。

「先跟你說抱歉，我接下來要問的事情非常冒昧。」他停頓了一下：「你有男朋友嗎？」

沒想到會被問到這個問題，我一時呆住了。

「一定有吧，你這麼漂亮，怎麼可能沒男朋友？」他直視我的雙眼說：「我真傻，居然以為你……」

「我沒有，」我脫口而出：「現在沒有。」

「真的嗎？」他的眼睛出現了神采：「所以我還有機會？」

我臉紅了。真糗，希望他沒察覺到。

按照他的說法，原來那一次他去我家玩，見過我之後，從此對我念念不忘，可是我哥說我還太小，最好過幾年再介紹我們認識。但是他始終忘不了我……這不就是一見鍾情嗎？

「你……」我吶吶的不知該說什麼才好。

「叫我榮哥。」

「榮哥，」念出這兩個字真令人害羞：「所以你是要……」

「告白，」他直接了當的說：「你願意當我的女朋友嗎？」

「可是我們並不熟……」我真想馬上點頭說好，不過女生還是要故作矜持才對。

「我們可以找個地方喝飲料吃蛋糕，」榮哥邊說邊撥弄長髮：「在輕鬆的氣氛下聊聊天，彼此了解一下，好嗎？」

好好好，我心裡面早已好字連發。太棒了，我就要有男朋友了！余唯心，我可以打敗你了！第三號美女的名號非我莫屬！

「跟我走吧……」他朝我伸出手來。

「不要跟他走。」

後方響起的聲音打斷榮哥的話。回頭一看，竟然是黃宗一！

「黃宗一，你怎麼會在這裡？」我用力瞪他，希望他趕快走開。

「他在騙你，」黃宗一說。

什麼？騙我？騙我什麼？

「小弟弟，你別來搗亂，」榮哥好聲好氣的說：「我怎麼可能騙她呢？」

「你沒騙她？」黃宗一說：「那我問你，你中餐吃什麼？」

「蛤？這是什麼問題？」

「才過幾個小時，你就已經忘了中餐吃什麼？」

「你這小鬼……」榮哥口氣顯得不耐煩：「排骨便當。」

「配菜呢？」

「配菜？」榮哥的腔調變了：「你有完沒完啊？」

「就當我在考你的記憶力吧，」黃宗一氣定神閒的說。

榮哥的眼神往右上方飄。

「青菜、豆干、番茄炒蛋。」

「哪種青菜？」

「不知道啦，反正就是綠色蔬菜。」

「你在念高中？」

榮哥眼睛轉了一下。

「對啊。」

「你怎麼會在這裡？高中生應該還沒下課。」

榮哥眼球又轉了一下，眼神飄向左上方。

「學校今天有活動，所以提早下課。」

「你念哪所高中？」

黃宗一很煩欸，怎麼問個沒完。榮哥看起來很不高興。

「華慈高中。」

「離這裡要四十分鐘車程，」黃宗一說：「你不覺得遠嗎？」

「干你屁事，問東問西的，欠揍啊！」

榮哥一副惡狠狠的模樣，我開始覺得不太對勁。

「我哥叫什麼名字？我叫什麼名字？」

不知哪來的膽子，我居然開口質問他。榮哥不怒反笑，但反而令人發毛。

「本來想帶你去玩一下，看來你沒這福分了。」他往前跨一步，我抬頭一看，望見他有好幾根鼻毛外露，一點都不帥。他對著黃宗一嗆聲：「都是你這臭小子，壞了我們的好事。」

我們？就在此刻，榮哥身後多了兩個高中生模樣的男生。看他們一臉邪笑，便知大事不妙。果然，榮哥一拳往黃宗一身上砸下來。

「啊——」我忍不住閉眼，放聲尖叫……只聽見「噗！」的一聲，一定是黃宗一被打爆了……

我睜眼一看，咦，黃宗一好端端的沒事，原來有人伸掌擋住這一

拳……是王元霸！

「又來了一個臭小子。」

另外兩個男生湊向前來。王元霸個子雖高，但比起他們還是不夠看。

這下子慘了……

「你們快走！」王元霸擋在前面，雙臂有如大鵬展翅般打開。黃宗一拉著我拔腿就跑。

「可是……」我上氣不接下氣的說。

「打架的事交給他，」黃宗一邊跑邊說：「我們插不上手。」

砰砰砰，後方傳來拳打腳踢的聲響，我不敢回頭張望，只能暗自祈禱王元霸沒

事。不知跑了多久，轉了個彎，來到人煙稠密的地方。停下腳步時，我腿一軟，隨即跌坐在地上。

「你還好吧？」黃宗一聲音沉穩。

「王元霸怎麼會出現？」我氣喘吁吁的問。

「我傳簡訊叫他過來。」

「你怎麼會出現？」

「我剛好路過。」

「那些人是誰？」

「這一帶的不良少年吧。」

「他們想要幹嘛？」

「騙女生去做一些壞壞的事。」

我突然全身發顫。要不是黃宗一，我鐵定完蛋了。

「你還跟他講那麼多廢話，直接拆穿他不就好了？」

「我必須等王元霸趕過來。」

我發現自己的雙腳抖得好厲害。

「你需要冷靜一下，」黃宗一看著我，過了一會兒才說：「要不要去吃冰？」

什麼？吃冰？我張大嘴，萬萬沒想到會從他口中聽到這句話！

・・・・・

聽著快板的流行樂，舔著薄荷風味的冰淇淋，我正在卡激凍冰淇淋專賣店，坐在我身旁的卻是黃宗一？

這是我作夢也不會出現的場景！

想起那些男生的嘴臉，我仍然心有餘悸，身體還會微微發抖。
「好恐怖喔，他們為什麼要做這麼可怕的事情？」
「因為他們只顧自己開心，完全不在乎傷害別人，」黃宗一說。
「我差點以為自己交到男朋友了。」
「你對男朋友的定義是什麼？」
「第一要顏值高，第二要體格棒，第三要家境好，第四要……」
我一時間想不到其他條件。
「這些都是外在條件，」黃宗一說：「他有沒有喜歡你，才是真正的重點。」
我從來沒這樣想過，但是他說的沒錯。
我挖了一匙冰淇淋放入口中。
「最重要的是，你有沒有真心喜歡那個人，」黃宗一又說：「剛才你遇到那個男生時，當下有什麼感覺？」

「就覺得他長得很帥啊。」

「長得帥只是表層，不代表內心也很帥，」他接著說：「喜歡上一個人會動心，你會覺得臉頰發熱、呼吸加快、心跳加速，一顆心怦怦跳，這是理性無法控制的生理反應。」

什麼啊？科學怪探何時變成了戀愛專家？

「可是他一開始看起來很誠懇啊，我哪知道他在騙我。」

「可以注意看對方的眼睛，」他伸出手指放在眼眶上方：「眼睛會說話。」

「怎麼看？我不懂。」

「我示範給你看，」黃宗一說：「你和許佳盈同班幾年？」

「五年多。」

「你跟她是閨密？」

「是啊。」

「為什麼？」

我想了一下。

「她人很大方，會跟我分享東西，而且很貼心……」

「你騙人，」黃宗一打斷我的話，並伸手阻止我反駁：「從我的角度看，講話的人眼球往左上方飄移時，代表這個人在說謊，往右上方轉動則是說真話。」

「我的眼球有往左上方移動？」我不敢置信的問。

「你在回答後面兩個問題時，眼球往左上方飄移了。」他說：「這是本能，你無法控制的。」

被他看穿了，真是尷尬。

「好吧，其實我不喜歡許佳盈。她老是一副大小姐脾氣又愛炫富。」話一話完，我趕緊轉移話題：「這套眼球測謊術很準嗎？」

「不能說百分之百正確，但是可信度還算高。」

我回想起他剛剛和那位高中生對話時，對方眼神左右飄移的樣子，原來那些對話不只是為了拖延時間，也是在測謊。

冰淇淋快吃完了，我的心情也已經平靜下來，這時我注意到有非常細微的嗡嗡聲。

環顧周遭，卡激凍冰淇淋店不愧是名店，室內裝潢非常有特色。四面牆分別彩繪了天空、海洋、田園和山野的景色，最特別的是牆面加裝了玻璃櫥窗，裡面擺放著相對應的玩偶，像是海洋裡的熱帶魚、天上的鳥類、山野中的野生動物，客人可以依照喜好選擇坐位。

「怎麼了？」黃宗一問。

「有個奇怪的聲音，」我說：「你沒聽見嗎？」

他搖搖頭。我站起身來，沿著通道走動，假裝觀看可愛的玩偶，其實是想找出聲音的由來。那聲音非常細微，但確實存在，潛伏在流行樂之中。然後我電眼一掃……且慢，那不是隋雲嗎？

她怎麼會坐在櫃檯後面？這是今天繼黃宗一和王元霸之後的第三個驚奇。

「隋雲，你怎麼會在這裡？」

「臨時代班。」

她眼前的收銀機看起來很複雜難搞。

「你會操作？」

「像喝水一樣簡單。」

我不曉得還要跟她說什麼，於是趕緊回坐位。

「隋雲在這裡，」我興沖沖的跟黃宗一說。

「我看到了。」

「你不覺得奇怪嗎？」

「不會，」他口氣淡然：「她自有她的做法。」

意思是說，隋雲是來私下調查？這麼說來，黃宗一會來這家店，

其實別有用意？

「你也是來這裡進行調查？」

「你繞了一圈，結果發現什麼？」他不答反問。

「到處都有那個聲音。」我又加一句：「我百分之百肯定。」

黃宗一陷入沉思。

「低頻噪音……」他像在喃喃自語：「某種機械運作……」

他目光四處游移，我的視線也隨著移動。坐位旁只有玻璃櫥窗和玩偶，連個插座也沒有。天花板上有幾顆白色圓形的突起物……那會是聲音的來源嗎……

「這是你們的帳單，」突然響起的講話聲把我拉回現實。眼前的人是隋雲，黃宗一接過帳單。

「先走一步，」隋雲說。她總是這麼酷。

目送隋雲坐著輪椅離開店門口，黃宗一把帳單翻過來，帳單背面

夾了一張紙，上面有清秀的字跡：
沒有地下室冰庫，有魔術表演。

這在寫什麼鬼啊，誰看得懂？

「這是什麼……」

黃宗一伸出食指，與嘴唇呈十字交叉，意思是要我閉嘴。這時旁邊桌的客人似乎與服務生起了衝突。

「您不能在這裡抽菸。」

「花錢就是大爺，」相貌蠻橫的大叔說：「我就是要抽。」

「這裡有很多小朋友，您不能讓他們抽二手菸。」

「你叫這些小鬼趕快滾蛋啊。」

「您可以到外面抽菸，抽完再進來。」

「抽完再進來冰都融化了，那還能吃嗎？」大叔很生氣的說。

「抱歉，我們的規定是不能在室內抽菸。」

「你很煩欸，」大叔氣撲撲的罵道：「我一定要投訴你！」

服務生伸手想要搶奪大叔的菸，卻被大叔一掌拍開，兩人一陣糾

纏拉扯，未料那根菸居然橫空飛起，無巧不巧的擊中天花板上的一顆圓形突起物。只見那突起物由白轉紅，然後好像有東西落下來……那一瞬間，我明白了，那是煙霧感應器……

我正想著完蛋了，眼前卻頓時一片黑。只聽見嘩啦嘩啦的噴水聲，但身上並沒淋濕，原來是黃宗一及時撐開了一把大傘。

「你怎麼知道要……」

「有備無患，永遠是我的原則，」黃宗一若無其事的說。

回家路上，黃宗一和我兩人默默無語的走著，但我心裡有好多疑問。隋雲去卡激凍冰淇淋店調查什麼？她留下的字條要傳達什麼訊息？黃宗一邀我去吃冰到底有何目的？

前方是十字路口，接下來就要分頭回家，有件事我非問不可。

「黃宗一，你為什麼邀我去吃冰？」

他沒說話。

「你是不是覺得我很呆很醜，」我一股腦兒把心裡的話全都說出口：「所以你很同情我、可憐我？」

「你是天然呆，而且很好騙，」他終於回話了：「但我不覺得你醜，事實上……」

他停了一下，然後正眼看我。

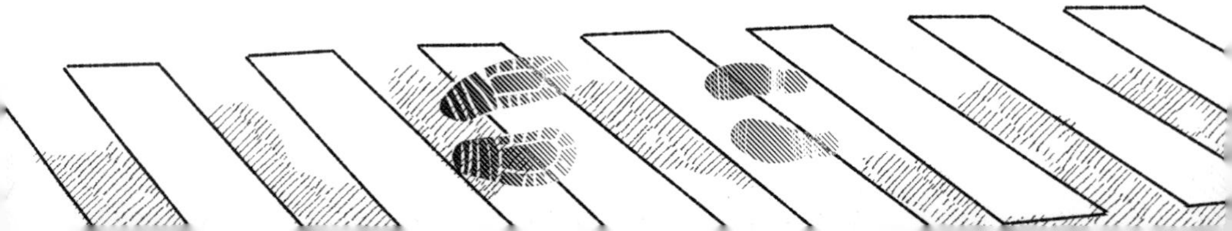

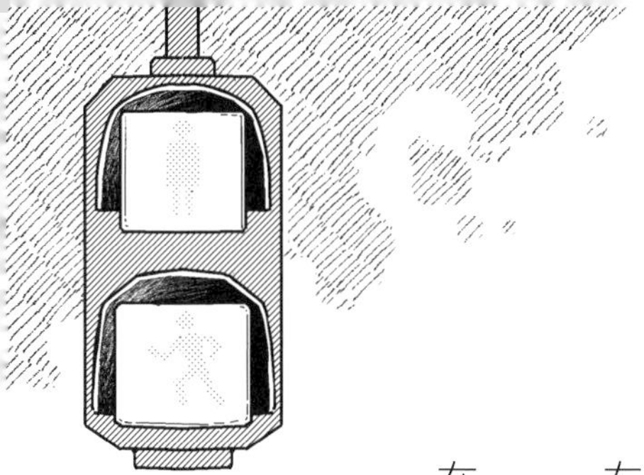

「班上所有的女生當中，我覺得你看起來最順眼。」

什麼啊？他在說什麼？我是不是出現幻聽？

「怎麼可能？」我難以置信的說：「光是我那對招風耳，就要扣很多分。」

「錯了，」黃宗一的口氣嚴肅：「你的耳朵正是關鍵，它們是我在班上所見過最對稱的事物。」

啊？他是在嘲笑我嗎？可是……不對，黃宗一的眼球並沒有移向左上方，表示他說的是真心話。

怦怦怦，這是什麼聲音？我突然意識到這是我的心跳聲，我的心在狂跳……

怎麼回事？難不成……難不成我蕭莉玲，對黃宗一動了心？

這是真的嗎？我喜歡黃宗一？

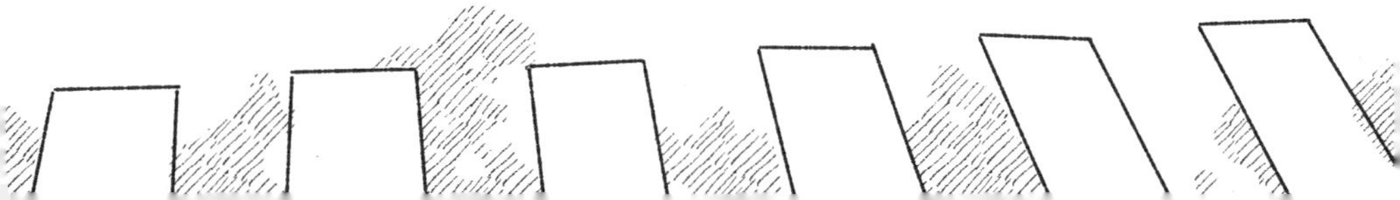

正方形：
四條對稱軸

上圖最右的花朵沒有對稱軸，但還是展現對稱之美，這是因為它有旋轉對稱。讓花朵繞著中心旋轉某個角度，圖形會和原來的重合。像這樣可繞著某個點旋轉固定角度（小於 360 度）而和原圖重合的特性，就叫旋轉對稱。

仔細觀察四周，不論是大自然或人工建物，會發現對稱的圖形比比皆是。這全都是因為對稱具有美感呀！

如果耳朵是旋轉對稱，
也很美嗎？
……

科學眼 線對稱具有對稱軸；旋轉對稱具有旋轉中心。

破案之鑰

對稱就是美，這有道理嗎？

怎麼沒道理！人的眼睛和大腦天生容易受到對稱圖形的吸引，科學家甚至發現，尚且不會爬的嬰兒，已經偏好對稱的東西，他們盯著對稱圖形看的時間，比看不對稱圖形更久。這可能是演化結果，因為對稱可節省能量——只要學會一邊，便可應用到對稱的另一邊，所以是很好的生存策略，這也使得對稱深植在我們的大腦之中 。

如果一個圖形可用一條線分成兩半，而兩半邊互為反射的鏡像，這個圖形就是對稱的，而這條線叫做對稱軸，蝴蝶就是很好的例子。

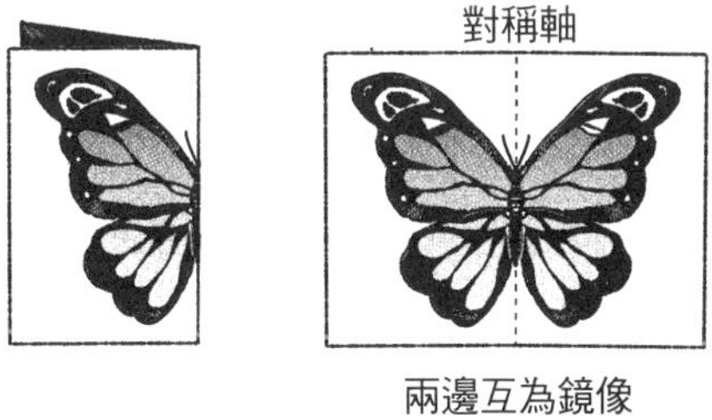
對稱軸
兩邊互為鏡像

蝴蝶看起來很順眼，因為牠很對稱。

這種具有對稱軸的對稱圖形稱為線對稱，沿著對稱軸把圖形對摺，兩側的圖案會完全貼合。但對稱軸不一定只有一條，方向也不一定垂直或水平。右頁上方的圖形有哪些是線對稱？對稱軸各有幾條？可以自己動手試試看。

第三話
奶茶的情義

你要吃草莓口味？還是哈密瓜口味？這個問題很容易回答吧？吃冰淇淋時，大多數人很快就可以二選一，但是我沒辦法，我的答覆永遠是「我不知道」。

從小到大，我最大的困擾就是做不了決定。

邱政察覺我的困擾時，撇著嘴說：「這有什麼難的，隨便挑一個就行啦。」

說來簡單，但我就是不行。像我媽帶我去買衣服，試穿每一件都不錯，馬球衫看起來很稱頭，T恤穿起來很舒服，可是要買哪一件？「我不知道」。

姚夢萱建議我說兩件都買，我試過這個說法，結果被我媽打回票。她說我正在發育，衣服很快就不能穿了，一次買兩件太浪費，偏要我做選擇。

我爸說我這種個性叫做「選擇障礙」，最好的解決辦法就是逼我一再做選擇，習慣成自然就能應對。所以有一陣子我一直在做選擇：早餐要吃飯糰還是三明治？中餐要挑排骨便當或是雞腿便當？晚上要打電動還是看動畫？如果看動畫又要看哪一部？我統統不知道！一連串的選擇搞得我緊張兮兮，更加做不了決定。

我爸說人生就是不斷在做選擇，看來，我的人生會一直困在「我不知道」的關卡。不過，我的人生後來出現轉機——因為王元霸，他拯救了我的人生。

那是在升小三之前的暑假，有一天我僵在飲料店的櫃台前，後面已經大排長龍，甚至有人大叫「小鬼，發什麼呆！」我愈慌張，愈看不清楚價目表，這時有個高我一個頭的男生走過來。

「身上錢不夠？」他問。

我搖搖頭，愣愣的望著他，心想他一定會錯意。我搖頭是在表示不知道，並非錢帶不夠。

「給他波霸奶茶，大杯，去冰。」這位大哥說完轉身就走。神……神蹟！他居然看出我的困擾，幫我做了決定。更誇張的是，小三開學第一天我走進教室，赫然發現他坐在裡面，原來他跟我同齡，還是我的同班同學。

從此，王元霸成為我的大哥，由他幫我做決定，我還追隨他去學跆拳道。有人笑我是王元霸的跟班，我無所謂，我就是他的跟班小弟，而且心甘情願當了三年多。

但是現在情況不一樣了，這都是黃宗一的錯。自從他轉學過來，班上最威的人變成是他，很多人只聽他的。當然也有人出面挑戰，像是邱政和何文彬，但那些人我沒放在眼裡，我唯一在乎的是霸哥。只是霸哥卻以黃宗一馬首是瞻，視黃宗一為大哥，這麼一來，我豈不是變成老三？這絕對不行。

說到底，是霸哥自己變軟弱？還是黃宗一讓他變遜咖？

今天心情很好，我以跳躍的步伐走進教室。就算班上有兩個廢人，也影響不了我的心情。錢若娟早已失去戰鬥力，霸哥前幾天來上學時，竟然鼻青臉腫包著紗布又跛著腳走路，害大家的下巴都掉下來了。是誰把他打成這樣？問他卻什麼都不說，一副小孬孬的模樣，完全不是我認識的霸哥！

「你昨晚怎麼沒去道館？」我問著仍然一臉青腫的霸哥。

「臨時有事，」他聳肩回答。

有事？是不敢去吧？昨晚的跆拳道課霸哥請假，害我又回到「我不知道」的狀態。

「你一個人還OK吧？」他問。

哼，還知道要關心我。

昨晚練拳時，我不曉得要找誰搭檔，一個人呆呆的無所適從，幸好有個高我一個頭以上的男生找我攀談：「要不要跟我練習對打？」

太好了，不用落單了。

我們先向教練敬禮，接著互相敬禮，然後他隨即一腳踢來，速度之快讓我嚇一大跳，沒想到這個人的前踢這麼猛。我以後旋踢展開反擊，他閃身避開，先出下壓，然後欺身而上，改打正拳，我一時間措手不及，只好使出連環側踢逼退他，突然眼前一花，腋下感到一股力道襲來。糟了，我暗叫不妙，對方要以肘擊得分了……但奇怪的是，我腋下沒感覺到痛，這時發現他面帶微笑、擺好架式站在我面前。接下來幾招他都點到為止，我雖然毫髮無傷，但顯然不是他的對手。

互相敬禮下場後，他跟我小聊了一下。

「同學，你怎麼不用拳擊？」他問。

「對付你，用腳法就夠了，」我回答。

我才不要承認自己的拳法很菜。好吧，這傢伙是高手，比霸哥還厲害。他應該大我好幾歲，眼型細長，鼻樑很挺，嘴唇很薄，眉毛彎彎的讓他像是帶著笑臉。我不記得看過這個人。

「你是最近才加入道館嗎？」我問他。

「你大概對我沒印象，」他笑著說：「但我知道你叫宋謙，都跟一個體型大你一號的男生對打。他是你哥哥嗎？」

「他是我大……」我一時語塞。

看我沒把話講完，他又說：「我比你大，你可以叫我文哥。」

他伸出右手：「希望以後有機會跟你們兄弟比劃一下。」

我握住他的手，不知如何回應。

「宋謙，這瓶奶茶給你喝，」卓伯康的聲音把我喚回現實。

「我不喝。」

「為什麼？你不是最愛喝奶茶？」

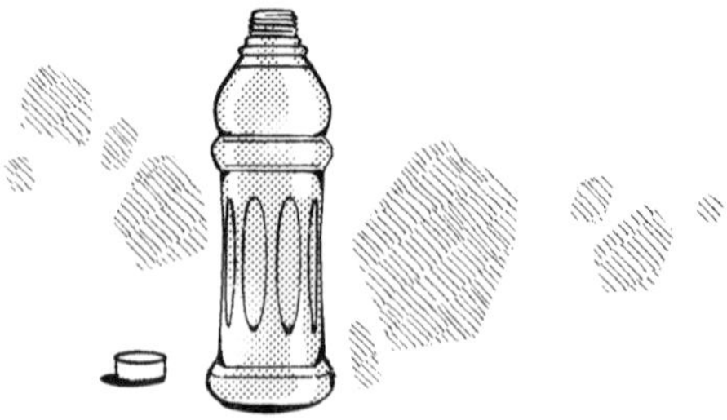

我看著霸哥，腦海裡重回昨天晚上——當時我走出道館，突然有人叫住我。

「宋謙，你要喝什麼？」文哥站在投幣飲料機旁問我。

「我不喝。」

「你口不渴嗎？」

「渴啊，但我只喝奶茶。」

文哥細看了飲料機，發現裡面沒有奶茶類的商品。

「不能改喝別種飲料嗎？」

「不能，我沒辦法，」我又補充一句：「我有選擇障礙。」

他看著我，臉上沒有任何表情，我猜不透他心裡在想什麼。最後他轉身投幣，取出商品丟給我，是一瓶運動飲料。

要喝嗎？我猶豫不決。

「喝吧，運動後一定要補充水分。」

我轉開瓶蓋，聽到啵的一聲，心裡面彷彿有個地方鬆動了。隨後我們坐在附近的公園階梯上閒聊。他說他是大學生，除了打拳也玩攝影。哇，這不就是文武雙全嗎？

「我可以理解你的堅持，」文哥說：「像我只喝運動飲料，因為我受不了喝下去的東西混濁不透明，萬一裡面有小強屍體怎麼辦？」

咦，有道理，那的確很噁。

晚間的公園雖然有路燈照明，但還是很昏暗，細小的昆蟲四處飛來飛去。這時文哥從背包裡拿出幾張照片，照片裡的背景偏暗，可是被拍攝的瓢蟲、蝴蝶和花朵都呈現綺麗的色彩，有一種詭異又鮮豔的視覺效果。

「好特別喔。這是怎麼拍的？」

「這是紫外線攝影，」文哥說：「用特殊的相機和鏡頭，在黑暗的環境下，可以拍出肉眼看不到的特殊效果。」

我回想著文哥得意洋洋的口氣，突然之間卻回過神來，意識到霸哥正用浮腫的眼睛看著我。我陷入沉思有多久了？

我從口袋裡拿出一副墨鏡，準備戴上。

「你又沒被揍，幹嘛戴墨鏡？應該給霸哥戴才對，」何文彬嘻皮笑臉的說。

「這可不是一般的墨鏡，」我說：「它不但看起來很酷，還能夠矯正視力。」

「借我看，」何文彬伸出手來。

為了取信於人，我把墨鏡遞給他。他戴上一看。

「視線好像真的變清楚了，」何文彬發出讚歎：「但鏡片上面怎麼有這麼多洞？」

我昨晚也問了同樣的問題。當時文哥知道我因為打電動而快要近視，立刻從背包裡掏出這副墨鏡給我。他說這是一種特殊設計、有專利權的多孔眼鏡，每天只要戴一小時，就可以解決近視的困擾。

「這副墨鏡不便宜吧？」馬玉珍問。

「那當然，」我想了一下：「至少要一千塊。」

「你被騙了，」插嘴的人是黃宗一：「這種東西在坊間很容易買到，超過一百塊都叫貴。」

「鏡框加鏡片不到一百塊？」我難以置信：「怎麼可能？」

黃宗一從公事包拿出鉛筆和厚紙板，接著用鉛筆在紙上戳了幾個洞，然後朝我遞出厚紙板。

「你透過孔洞看一看，」他說。

我接過厚紙板，貼近眼前一看，咦，黑板上的字變清晰了。怎麼會這樣？隨便拿一張厚紙板也能辦到？

「這是利用針孔成像的原理，」黃宗一說：「小的孔洞能讓光線更聚焦，視線變清楚。有些近視眼的人，會瞇起眼睛看東西，道理是

一樣的。但這無法真正矯正視力……」

什麼針孔成像，我完全聽不進去。反正文哥也沒提到價錢，一千塊是我自己瞎猜的。我想起昨晚文哥以興奮的口氣說：「我想要看穿別人看不到的事物，我想看透一切。」他的眼神發亮：「我最重視的就是內在美。」他一定是好人，怎麼可能會騙我？

「請大家聽我說，」我朗聲說：「我認識的一位大哥，今晚七點要舉辦一場展示會，他要我代他邀請各位蒞臨觀賞。」

「什麼大哥？你的大哥不就是王元霸？」邱政說。

「這位大哥是大學生，也是攝影師，他很重視內在美，還會用紫外線攝影拍出很酷的照片……」

「哪來的大哥？」章均亞問：「那個展示會的主題是什麼？」

「算是生態藝術展，主題是蝴蝶，」我依循文哥昨晚的說法照本宣科：「現場有關於蝴蝶的攝影展，也有蝴蝶標本，還會有活生生的蝴蝶在會場飛舞……」

「那有什麼好看，」何文彬啐道：「看蝴蝶飛來飛去，會看得頭都暈了。」

「現場提供精緻的餐點，可以讓每個人吃好吃滿。」

我遵照文哥的指示遊說大家。何文彬看來已經上鉤了，但重點是女生。文哥希望到場的女生愈多愈好。我們班有十個女生，如果能邀請到姚夢萱、湯子怡和余唯心三大美女，就算達成任務。

「我是有意願啦，」余唯心問：「展示會是幾點到幾點？」

「七點到八點，時間不會太長，」我說：「而且明天是週末，今晚有活動應該還ＯＫ。」

一股遲疑不決的氛圍四處蔓延。怎麼辦？我已經跟文哥打包票，一定幫他找到人捧場。萬一大家都不去，我這個小弟就太不給力了。

「會去的人，請舉個手。」

先統計一下人數，再看下一步怎麼做。結果只有游瑞文、何文彬和余唯心舉手。慘了！完蛋了。就在此刻，奇蹟發生了……黃宗一竟然舉起手。

「你要去？」我呆呆的看著黃宗一說。

「我會去。」

「為什麼？」我問：「你對攝影有興趣？」

「我對蝴蝶有興趣，」他說：「牠們是最講究對稱美的昆蟲。」

有人噗哧一笑，現場頓時轉為歡樂的氣氛，小手手有如雨後春筍般一一舉起，包括姚夢萱和湯子怡在內，連那個最近好像變漂亮的蕭莉玲也舉手了。開心的我終於明白什麼叫做心花怒放。

「對了，為了配合會場飛揚的蝴蝶，請各位女同學務必穿絲質的衣裙，這樣才會像蝴蝶一樣呈現飄逸的氣質。」

差點忘了交代這件事，文哥可是再三吩咐過我，一定要女生穿絲質的衣服。

「那我們男生要穿什麼？」高勝遠問。

「隨便啦，有穿就好。」

「哼，差別待遇，」何文彬沒好氣的說，伸手拿走卓伯康的那瓶奶茶，看著我說：「我喝掉你的奶茶喔？」

「拿去吧，我現在只喝運動飲料。」

我斜眼瞥著王元霸，他完全沒理我，一副事不關己的模樣。

・　●　●　●　・

六點半剛過不久，我抵達文哥住的地方。那是一棟兩層樓建築，二樓坪數比一樓小得多，有點像加蓋的樓層。文哥說他北漂來念大學，這是爸媽幫他承租的住處，一樓充當工作室和展示廳，二樓才是起居室。我的心情七上八下，不確定出席率會有多少，結果來了七成。邱政和王元霸沒來，女生當中沒見到隋雲和錢若娟，幸好三大美女全員到齊。

我領頭帶著大家進場，一跨入展示廳，心裡有點小失望。方形空間比我們教室大一些，天花板的四條燈管全亮，正中央有張桌子，上面擺放一些飲料和甜點。四壁沒有窗戶，牆上掛了多幅蝴蝶標本，牆壁與桌子之間布置了幾座假山，有十幾隻蝴蝶在穿梭飛舞。

「餐點一點也不精緻，」何文彬抱怨。

「你小聲點，」我打斷他的話：「有東西吃就不錯了。」其實他說的沒錯，桌上的餐點都是從超商買來的。不過話說回來，大學生的手頭會有多闊綽？

「好美喔，」許佳盈說：「你們看我像不像蝴蝶美人？」

她身穿粉色長裙，踮著腳尖跟隨飄拂的蝴蝶起舞。我實在很想跟

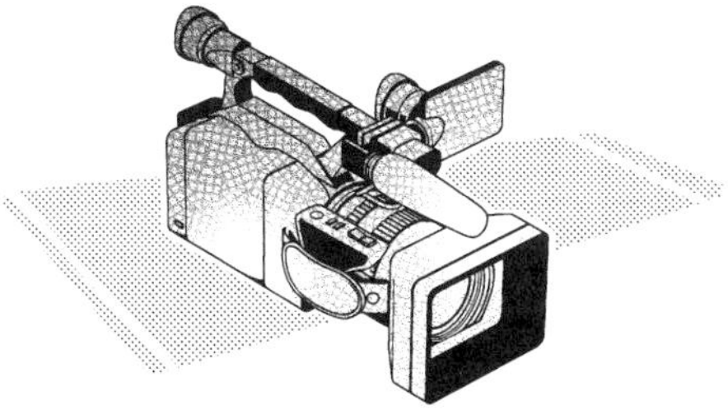

她說，蝴蝶要是像你就飛不起來了。這時文哥現身了。

「大家好，我是主辦人夏慕文，」他笑著說：「歡迎各位蒞臨這個展示廳。」

文哥的眼睛發亮，嘴角完全藏不住笑意，他鐵定對姚夢萱和湯子怡的美貌十分滿意。

「大家不必拘束，請自由自在的觀賞。」他接著說：「我要把每一個人的身影，連同會場的展示品一起拍下來，以紀錄片的形式公開發表。請各位和我一起創造美的奇蹟。」

輕柔的樂聲響起，文哥拿出攝影機開始拍攝。許佳盈跳得更起勁了，廖宏翔身體擺動像在打拍子，何文彬從狼吞虎嚥變成細嚼慢嚥，湯子怡和方逸豐在觀看牆上的標本，林仲亨像跟屁蟲在湯子怡附近打轉，姚夢萱跟游瑞文在交談，黃宗一拿著放大鏡端詳停在假山的蝴蝶，蕭莉玲不知為何跟去湊熱鬧……

我正開始覺得無聊，眼前突然一黑，什麼都看不見，尖叫聲此起彼落。

「是不是停電了？」「趕快開燈！」「好恐怖喔」……就在大家議論紛紛的時候，突然冒出一道光束，直接打在一張臉上。仔細一瞧，被照亮的人是文哥。

「看了半天，什麼都沒看到，」在黑暗中講話的人是黃宗一：「你很失望吧。」

過了半晌，文哥才回話：「我不懂你在說什麼。」

「你手上那台是紅外線攝影機吧，」黃宗一說：「你一定很納悶，甚至懷疑機器是不是壞了，所以乾脆關掉日光燈試試看。」

「我……我幹嘛關掉日光燈？」

「因為就算沒有日光燈，天花板上還有紅外線補光燈。」

適應黑暗後，我發現拿著手電筒打光的人是黃宗一。他打了個響

指，剎那間變得燈火通明。我摀住眼睛，慢慢睜眼重新適應光明，原來是隋雲靠在牆邊開了燈。我抬頭一看，發現天花板上除了日光燈，另有幾顆半球體裝置。

「你關掉日光燈，是想強化室內的紅外線，以為這樣行得通，」黃宗一繼續說：「想看別人的內在美，不該用這種方法。」

「你怎麼知道……」文哥驚訝的張大嘴巴。

「這是合理的懷疑，」黃宗一又說：「你會玩紫外線攝影，很重視內在美，又要求女生穿絲質衣裙，怎麼想都很奇怪。」

「是你在搞鬼？」

「搞鬼的人是你，」科學怪探說：「我只是以防萬一，叫大家穿純棉的衣服。」

「你怎麼沒跟我說？」我忍不住插嘴。

「你很可能是共犯，不可對你洩漏情報。」

可惡！我被騙了！

「你算什麼大哥，」我對文哥怒道：「怎麼可以利用我！」

「誰叫你有選擇障礙，」他以不屑的口氣說：「當別人的棋子最適合你了。」

我氣得握緊拳頭。

「想跟我打？」他笑了：「你們全班加起來都不是我的對手。」

「你別輕舉妄動，」黃宗一說：「因為……」

他轉頭看隋雲，隋雲隨即接話：「警方很快就會到。」

文哥往門口跑去。

別想逃。我出腿側踢，卻被他以後旋踢擋開，如今我才明白他出手超快，正拳、逆拳、肘擊、膝擊連續出籠，五招之內我就倒地不起。

我勉力爬向門口，眼睜睜看著他迅速離去。

突然有條人影竄出並衝向他，兩人短兵相接，砰砰砰一陣拳腳交擊後，終於有一人倒下。最後站立不動的，是霸哥。

讚啦，不愧是霸哥，永遠是第一名！此刻警方及時趕到，立刻給文哥扣上手銬，把他押上警車。我一放鬆，隨即趴倒在地。突然有隻大手伸到我面前，我出於本能一抓，被那隻手一把拉起。

「要睡回家睡。」

是霸哥！他的手勁還是一樣強而有力，完全不像廢人。

「霸哥，我……」

霸哥打手勢示意我不要再講了。原來邱爸有話要跟大家說。

「你們太亂來了。」邱爸停頓了一下：「不過也多虧你們，才讓警方逮到這名偷窺慣犯。」

「這些餐點現在可以吃了嗎？」何文彬問。

「只顧吃，」邱爸有點驚訝的說：「你們好像一點也不意外。」

「黃宗一有猜到這個人是偷窺狂，」姚夢萱說：「他吩咐大家一

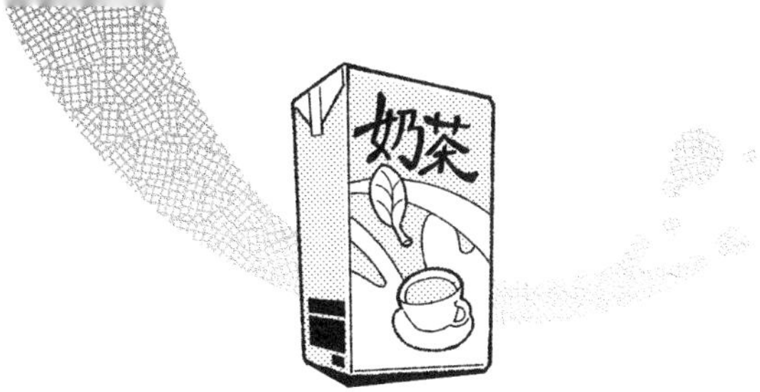

定要穿純棉衣服。」

「純棉衣服？」邱爸對著黃宗一問：「為什麼？」

「在某些條件下，紅外線攝影有透視的功能，讓拍攝對象看起來像是裸體。」科學怪探說：「不過，紅外線難以穿透純棉布料，透視功能就會破功。」

「原來如此，」邱爸說：「好吧，結案，你們可以回家了。」

「可以吃點東西再走嗎？」何文彬還不死心：「丟掉也很可惜嘛。」邱爸點頭同意。大夥兒各取所需，選擇自己偏愛的餐點。我毫不猶豫的挑出奶茶飲料，眼角餘光剛好瞄到霸哥目睹了我的舉動，卻轉頭裝作沒看見。

「邱警官，我想確定一件事，」隋雲說：「可以讓我看夏慕文剛才拍攝的影片嗎？」

「既然大家都穿純棉製品，」邱爸考慮了一下才說：「那應該沒問題。」

我們借用展示廳的投影機播放影片。前半段的影像中，有人跳舞、有人吃東西、有人交談、有人在觀賞標本，一切都很正常。突然光線一暗，影像轉為類似黑白片的效果，影片中的我們好像都在發光，感覺起來很詭異又好笑。

「那個人……」方逸豐指著銀幕說。

「她的小褲褲被拍到了……」章均亞大叫。

我看到了。那個女生留長髮，穿著誇張的短裙和馬靴，整體的感覺超辣。重點是，她的內褲被紅外線透視了。

「你們不要看！」邱爸大叫。

「這個女生是誰？」鄭少傑說：「她不是我們班上的同學。」

這個女的是從哪兒冒出來？我環顧周遭。不曉得她是什麼時候離開的？我依稀覺得見過這個人，但又說不出所以然來。

「邱警官，先不要關投影機，」隋雲說：「她身上有個圖案。」

我也看到了。她左腹部的位置有個圖案，像是某種動物……是蝙蝠……還是蝴蝶……？

「那是青鳥！」游瑞文大聲喊叫：「傳說中的青鳥就長那樣！」

青鳥二字一出現，歡樂的氣息瞬間消退。這個女的是青鳥？她在這裡現身是一種惡兆嗎？又有誰會被帶走？我覺得毛毛的，左腹部隱隱作痛。如果這是一場惡夢，趕快讓我醒過來吧……

真相需要科學證據！

比可見光好，遇到尼龍、絲等輕薄材質時可直接穿透，如果這些衣物是穿在人體上，穿透的紅外線會由皮膚反射回來，這時若有儀器可接收並讀取光線，經由轉換後，便可形成紅外線攝影畫面，而顯示衣物內的景象，換句話說就是「透視」！如果儀器具備濾鏡，將紫外線和可見光過濾掉，呈現的畫面甚至可更清楚。

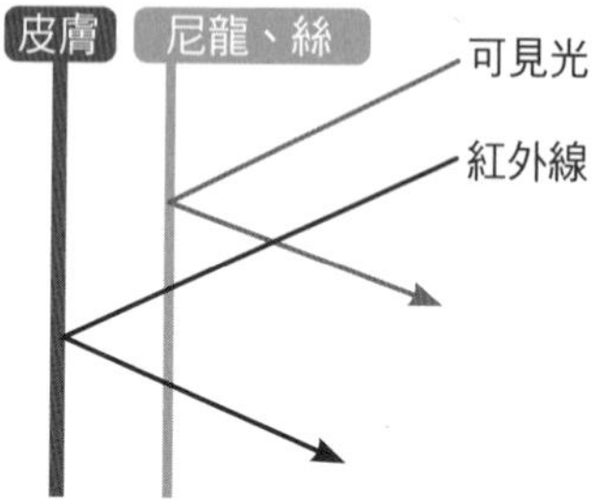

不過，紅外線並不是什麼都能穿透，像金屬、純棉等材質都能提供遮蔽。而且紅外線攝影需要特殊裝備，一般日常生活中無法輕易拍攝，更何況攝影畫面多半是單色或黑白，其實無法真的達到「赤裸裸」的效果。

科學眼 紅外線常應用在日常生活中，而且用途其實很廣，如遙控器、耳溫槍、電動門、防盜裝置、夜視鏡……等等。

破案之鑰

紅外線攝影真的能透視？

之前介紹熱顯像儀時曾介紹過紅外線（參見第三集第108至111頁）。紅外線是一種電磁波，波長大於可見光，所以人眼無法看見。但看不見不等於不存在，只要有合適的感應器，就能偵測到這種光。

紅外線攝影顧名思義，正是利用紅外線來進行拍攝，這和一般攝影有何不同？先來看看下面的拍攝結果：

當可見光照射在衣物上，通常會被吸收或反射，反射光進入我們眼中，使我們看見衣物。但紅外線的穿透效能

第四話 棉花糖女孩

討厭！怎麼這樣？為什麼我在影片中這麼胖！

「這沒什麼啦，螢幕會把影片中的人物放大，其實你並不胖。」媽咪這樣安慰我。

可是，姚夢萱和湯子怡她們看起來還是很苗條。

「每個人體質不一樣嘛，你只是骨架比她們大一點，上鏡頭時比較吃虧而已，」媽咪又說。

不公平！老天爺不公平！為什麼給我的骨架這麼大，我以後是不是不用懷抱明星夢了？

在滑手機的爸比突然插嘴：「你們都還在發育中，只要身體有抽高，將來她們都會羨慕你的。」

怎麼可能？羨慕我什麼？

爸比瞄了媽咪一眼，帶著一抹笑容說：「羨慕你比她們有料。」

有什麼料？在說什麼啊？

媽咪順手從桌邊抄起一本雜誌，往爸比頭上打下去，爸比嘻皮笑臉的閃身躲開，兩人展開一追一逃的戲碼。這兩個大人是怎麼回事？動不動就肉麻當有趣。爸比喜歡媽咪肉肉的，我可不喜歡……糟糕，難不成我遺傳到媽咪的基因，今日的媽咪就是未來的我？

天啊，我不要！

・・・・・

看著衣櫃裡的洋裝，沒一件我想穿。以為穿起來很飄逸，卻顯得身材臃腫。最後，我從衣櫃角落取下一件及膝的黑色長袖洋裝，拿在身上比了一下。看起來還可以。但這幾天身體覺得熱熱的，穿黑色衣服會不會更悶熱？

算了，還是穿上吧，除了可以掩飾身材，還可以遮蓋住手臂下的

毛毛。媽媽説那叫腋毛，長大就會有，但原本光滑的胳肢窩突然長了毛，真令人……該説是尷尬還是害羞？最煩的是偶爾還會有味道……

對了，把那瓶消毒液帶出門，以防萬一。

一進教室，立刻受到何文彬的嘲弄。

「花蝴蝶今天怎麼變成了黑蝴蝶？難道是為了飛高一點，於是脫掉了華服？」

我懶得理他，走到自己的位置坐下來。

「許佳盈，你穿這個樣子，是想扮演黑寡婦啊？」何文彬繼續窮追猛打：「還是想要抵消螢幕的膨脹效果……」

「何文彬，你不講話，沒人當你是啞巴，」鄭少傑說。

「呦喔，鄭少傑幫別的女生講話，」何文彬還在講：「余唯心，你都不在乎齁。」

「何文彬，你那張嘴真的很壞，」余唯心罵道。

「佳盈，你怎麼穿得一身黑？」蕭莉玲說：「天氣滿熱的，你還穿長袖……」

「要你管，你又不是我的好朋友，」我沒好氣的說：「只會在背後捅我刀。」

「我……」蕭莉玲支吾其詞：「好吧，我是對你有所不滿，但我還是把你當朋友看待……」

「不必了，」我不屑的說：「反正你只對我的名牌貨有興趣。」

她轉頭不講話。我唯一的閨密不理我了。

「我是沒看過影片，不曉得螢幕的膨脹效果有多誇張，」邱政對著我說：「但你這樣講話是在遷怒別人，你本來就長得比較胖……」

「邱政，你會不會講話，」宋謙站起來說：「不能說人家胖，要說棉花糖女孩才對……」

「說夠了沒？」我怒火攻心，忍不住發飆了：「我的身材和我要穿什麼衣服，那是我家的事，跟你們完全無關！」

現場一片沉靜。真糟糕，我把班上的氣氛弄僵了。

一整個早上我都覺得很悶，教室外面的天空陰沉，彷彿要下雨了。我覺得不太舒服，胸部痛痛的，肚子脹脹的，是快要感冒、還是穿黑色洋裝的關係？中午休息時，我拿出便當盒，菜色很精緻，可是我一點胃口也沒有。

「你不吃嗎？」章均亞突然問我。

我默默點頭。

「你的丸子圓圓的很可愛，可以分我嗎？」

我點頭說好。她的叉子隨即往我的便當伸過來。

「別這樣，」我趕緊說：「我拿給你就行了。」

我用湯匙撈起丸子，放入她的便當盒。

「你的飯壽司要是不吃，可以由我代勞。」

何文彬不知何時出現在我桌邊。這個人實在很厚臉皮，我才剛點頭，他的筷子已經迫不及待的伸出來，嚇得我往後傾身。

「你別這樣！」我急得大叫。

「我怎麼了？」何文彬一時怔住了。

「你別亂動，我拿給你就好。」

我用湯匙把飯壽司分出去。

「你的便當盒是圓形的，裡面的食物也是圓形的，」余唯心說：

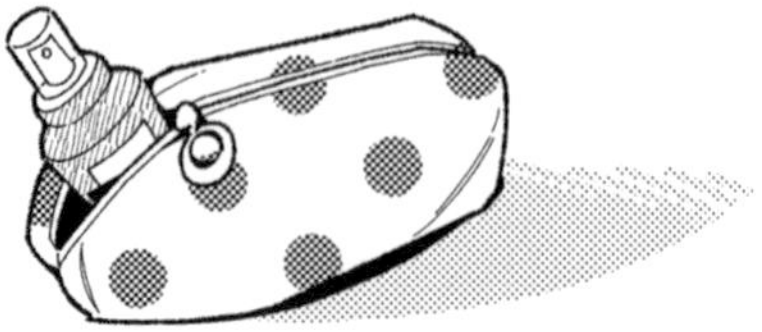

「我現在才發現，你連文具用品也是圓形的。」

她拿著一枝筆邊說邊比來比去，看得我心驚膽跳。

「你的身材也是圓的，這就叫做物以類聚。難怪你會胖。」

隔壁班的梅惠芳突然出現在教室門口，風涼話一說完，立刻轉身就走。我很火大，可是已經沒力氣發脾氣了。我全身冒冷汗，轉身正要從書包裡拿手帕時，意識到有雙眼睛直盯著我看。

是黃宗一在看我。

那是什麼眼神？他察覺到什麼異樣嗎？還是我身上有怪味？我趕緊取出隨身包，起身離開教室去上廁所。

・・・・・

看著鏡中的自己，臉像月餅一樣圓，和姚夢萱的鵝蛋臉根本沒得比。而且我臉上的皮膚油油的，還冒了一顆紅色痘痘，唉，真是討厭。

我舀水洗臉，試圖讓自己冷靜一下，然後拿抗痘軟膏出來塗抹，再順便上個廁所。

才剛進入隔間，就聽到隔壁傳來聲音。

「我告訴你，許佳盈之所以胖，那是因為她懶惰！」

是六年二班的梅惠芳在講手機，她又在批評我了。

「她的健康管理能力一定很差，三餐暴飲暴食，對零食毫不忌口，難怪身材有如吹了氣一樣脹起來！」

我哪有暴飲暴食，只不過是蛋糕跟冰淇淋吃得比較多……有如吹了氣一樣？哪有這麼誇張，我頂多比姚夢萱多五公斤而已！

「我聽人家說，像她這樣的胖子，就是拖累健保的元凶！」

我是哪裡惹到她？為何這樣處處針對我？有些人私下譏笑我，但梅惠芳是公然批評，連講個手機也要損我。我到底是哪裡礙到她？

「身材胖就罷了，個性還很傲嬌，真是噁心！」

討厭！居然說人家噁心！我怒火中燒，一激動起來腳下一滑。

哎呀，好險，差點掉入馬桶，不過一下子不小心，尿尿濺到馬桶外了……

怎麼辦？好髒喔，用衛生紙擦也擦不乾淨吧……對了，隨身包裡有消毒液……我扭開瓶蓋，大灑特灑……一口氣用光。

這樣夠嗎？角落擺了一罐廁所清潔劑，拿來一起用，應該就沒問題了。我打開瓶蓋，用力一倒，突然聞到一股濃烈的氣味飄散開來，嗆得我喉嚨不舒服，眼睛也感到刺痛……我趕快奪門而出，衝回教室，坐下來時一顆心仍怦怦亂跳。

「你臉色怎麼這麼難看？」蕭莉玲問。

我說不出話來，只能靜靜的坐著。有人來來去去，有人在交談討論，我不曉得發生什麼事，只覺得內心世界和外在動靜完全切割開來。不知過了多久，有人走到講台上發言。

「想上洗手間的女同學，請不要使用教室旁邊的廁所，」是玉茹老師的聲音：「廁所被毒氣汙染了。」

「是恐怖行動嗎？」何文彬舉手說。

「隔壁班的梅惠芳在廁所裡昏倒，」玉茹老師沒理他，繼續往下說：「她出現氯氣中毒的症狀，目前救護車已將她送往醫院急救。」

氯氣中毒？那是什麼？絕對跟我無關！

「如果有同學了解事情始末，或是掌握什麼訊息，希望你們趕快出面提供線索。」

「午休期間，許佳盈跟梅惠芳起衝突，」邱政說：「她應該是頭號嫌犯。」

「我……我才沒跟她起衝突，」我結結巴巴的說。

「她用難聽的話嘲笑你，雖然你沒反應，」邱政接著說：「但你

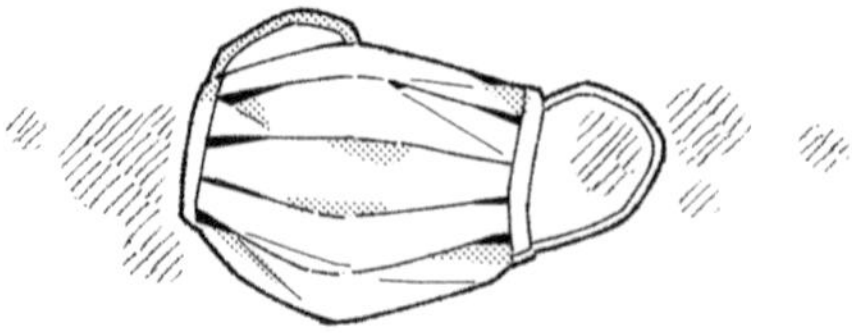

很可能懷恨在心。」

「你別隨便亂講！」蕭莉玲說：「佳盈哪有可能搞出什麼氯氣中毒……」

「說的也對，」邱政沉吟說：「有能力搞出氯氣中毒的只有黃宗一……咦，黃宗一人咧？」

正巧黃宗一戴著口罩走進教室。他直直走到玉茹老師旁邊，在講桌上擺了兩瓶東西，一瓶是廁所清潔劑，另一瓶是我丟在廁所的……

「黃宗一，這樁中毒事件跟你有關嗎？」邱政追問。

「這兩瓶東西是誰的？有人知道嗎？」黃宗一自顧自的發問。

「廁所清潔劑是老大準備的，」章均亞率先回答：「另一瓶我沒看過。」

「有沒有人看過這瓶東西？」黃宗一問。

沒人回話。我當然不敢承認。

「瓶身上面一定能夠採到指紋，但我想不必這麼麻煩，」他繼續說：「我可以大膽假設，這瓶子應該跟許佳盈有關，對吧？」

他又用那種奇怪的眼神看我！

「我不知道，」我趕緊說：「我沒看過那瓶消毒液。」

「消毒液？」黃宗一說：「你看得懂德文？」

「什麼德文？」我呆呆的問。

「你若不懂德文，怎麼知道瓶身上面標示著消毒液？除非你是這個瓶子的所有人。」

「我……」討厭，穿幫了。

「即便你沒說溜嘴，這瓶是外國進口的高檔貨，班上大概也只有你會用。」

「黃宗一，就算你說得對，」邱政插嘴問：「許佳盈到底用什麼方法，弄出氯氣污染的把戲？」

「很簡單，」科學怪探開講：「這瓶消毒液的成分是次氯酸鈉，廁所清潔劑含有鹽酸，這兩種溶液混在一起，會發生化學反應而產生氯氣。氯氣有毒，會刺激呼吸道黏膜，引發胸部灼熱、疼痛，嚴重時甚至會致命。」

「還有一個問題，」邱政伸出食指問：「犯人是在有意還是無意的情況下，混合這兩種液體？」

「當然不會是有意，」玉茹老師幫我解圍，看著我說：「你一定是想清洗馬桶周遭的地面，卻一不小心灑下消毒液和清潔劑，結果嚇得落荒而逃，對吧，佳盈？」我趕緊點頭。

「我會被判刑嗎？」

「當然不會，」老師斬釘截鐵的說：「不過，發生這種突發狀況時，一定要馬上通報老師，免得釀成大禍。」

我只能默默點頭。

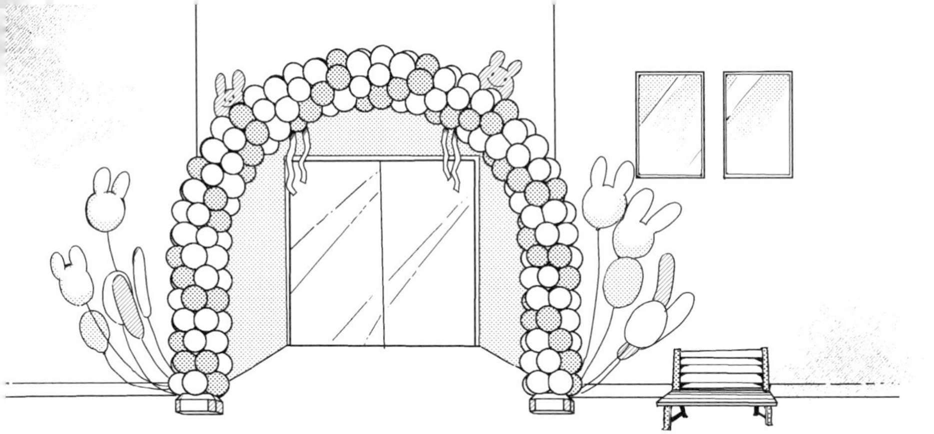

「對了，你知不知道梅惠芳也在廁所裡？」老師又問。

「我不知道，」我小聲回答。

「好吧，這次幸虧發現得早，不然梅惠芳可能就凶多吉少了。」

這時我聽到邱政還在碎碎念：「我就知道犯人是她。」真是討人厭的傢伙。好險沒出事，我幸運躲過一劫。

・・・・・

放學回家途中，我決定繞路去一趟欣悅廣場。那是一間大型購物中心，爸媽有時候會帶我去那裡瞎拚吃大餐，但我最愛去的地方是設在一樓的兒童遊樂區。它主要設計給低年級的小學生遊玩，但我一進去就樂不思蜀，直到現在還是樂在其中。

跨入廣場正門口，一股涼爽的冷氣迎面吹來，令人從頭到腳都感到冰涼舒暢。就當作是去收驚，一個人玩也不錯，不會有爸媽在旁邊一直催我回家。

兒童遊樂區位於一樓賣場後方，外型有點像封閉式的圓形帳篷，但環狀的外牆是由玻璃櫥窗拼接而成。遊樂區內的天花板上畫了各種卡通人物，出入口只有一個，一踩進去就是原木造型的沙坑，給人一種即將勇闖冒險島的感覺。

我在遊樂區轉了一下，今天不是週末，整個空間就像是被我包場了一樣，太棒了！這是我個人獨享的遊樂區。我先去夢幻變裝區，裝扮成最迷人的超級美女；接著去玩繽紛大球池，從管道滑出、陷在五顏六色的球池中；然後去玩旋轉布娃娃和魔法氣球屋，又在互動遊戲蹦床上下彈跳，彷彿我

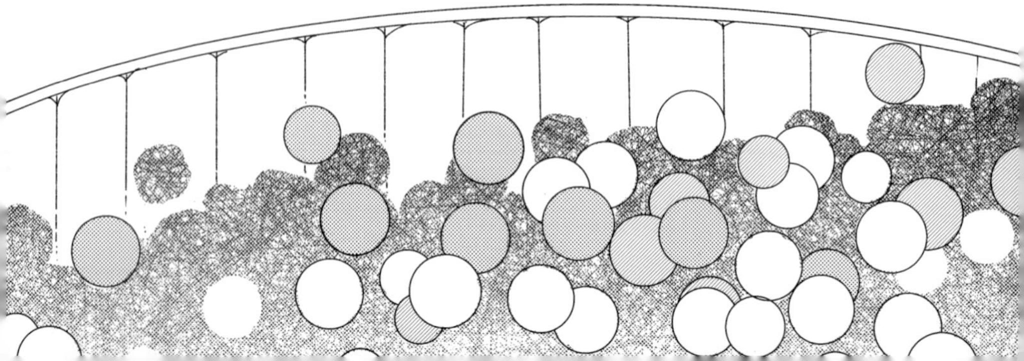

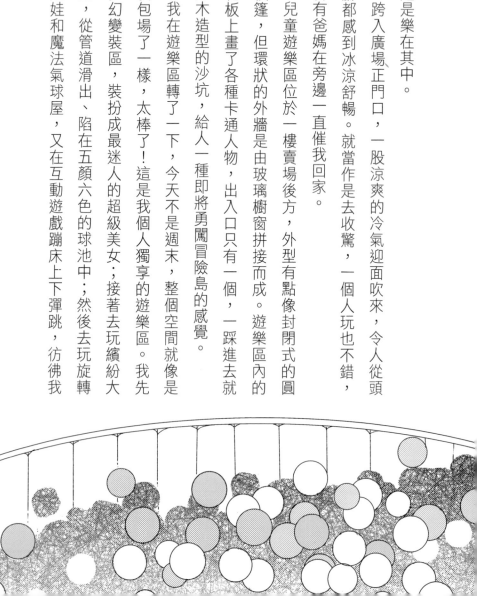

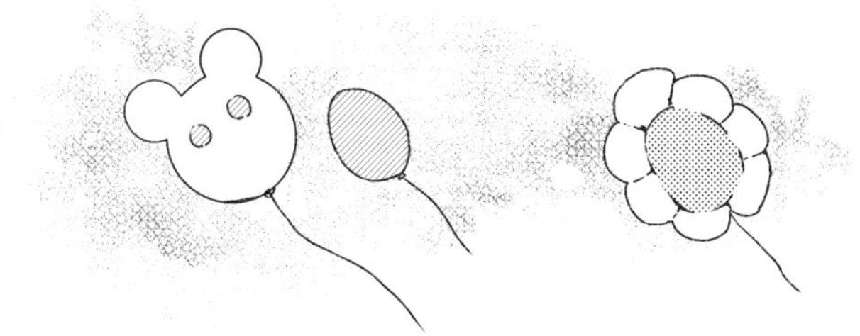

身輕如燕。真是太開心了！

我來到一片橢圓形的全身鏡前面，鏡中的我看起來腰身纖細。如果我問「魔鏡魔鏡，誰是天底下最美麗的女人」，會聽到什麼樣的答覆呢？

就在此刻，一陣刺耳的尖叫聲把我從幻想中喚回現實。轉身一看，我周遭多了三個人，驚聲尖叫的是個阿姨，城堡造型的溜滑梯下面倒著一個小弟弟。在我和他們之間，站著一位滿面鬍渣的中年大叔。地板上有幾滴血跡，最可怕的是血跡旁邊還有把刀。

「殺人啊！」那個阿姨還在尖叫，立刻引來幾名遊客。

我看見一位身穿警衛制服的男人，蹲在小弟弟旁邊檢查狀況。

「他沒事，」那個穿著警衛服的男人說：「大家留在原地不要亂動，等待警方過來處理。」

「刀不是我的，」那個大叔突然說。

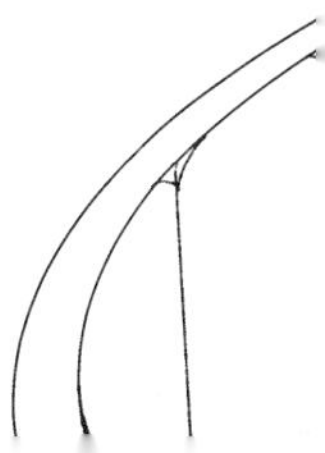

「不然是誰的？」

「是她的，」大叔指著我說：「是她拿刀傷害那個倒在地上的小朋友。」

什麼？我？我看著凝聚過來的人潮，腦中一片空白。

・・・・・

不知過了多久，人群中走出一個熟悉的面孔。是邱爸，但他顯然沒認出我。

「小妹妹，刀子是你的嗎？」邱爸問我。

「不是，」我囁嚅的說：「不是我的。」

邱爸詢問在場其他人。阿姨表示她走到這一區時，突然看到地上有血和刀，隨即發現小男孩倒在溜滑梯下面，附近站著我和大叔兩人，事發經過她並沒有親眼目睹。大叔聲明他看見我和男孩起爭執，接著我拿刀刺了他一下，然後把刀丟在地上，血跡就是這麼來的。

「小妹妹，」邱爸看著我說：「事情真的是這樣嗎？」

不是我！我在心中吶喊，這次真的不是我！可是我張開嘴巴，一個字都說不出口。

人潮中出現了騷動，走出來的人是黃宗一和蕭莉玲。

咦，他們倆怎麼會在一起？

「你騙人，」黃宗一走到那位大叔面前說：「那個女生不可能持刀傷人。」

「你怎麼知道？」大叔回嘴：「你又沒看見。」

「你沒玩這座溜滑梯吧？」黃宗一問我。

「我根本沒靠近過那裡，」我點頭回答。

「她有尖端恐懼症，」黃宗一指著我對邱爸說：「所有尖銳的東

西她都不敢靠近，所以筷子和刀叉她都不可能觸碰。」

「什麼尖端恐懼症，聽都沒聽過，」大叔說。

「這座城堡造型的溜滑梯有好幾根尖型的長柱，基於本能，她不可能靠近，」黃宗一又說：「你說她拿刀刺小男孩，發生這種事的機率更低。既然你謊話連篇，代表你就是犯人。」

「拿聽不懂的專有名詞來唬弄別人，」大叔口氣很不悅：「你這小鬼欠揍。」大叔握拳作勢要打黃宗一，我一緊張，不禁伸出原本攥緊裙子的手，沒想到……

「血！」那位大叔喊著，表情變得得意洋洋：「我就說吧！人是她傷的，要不然她手上怎麼會有血？」

血……怎麼會這樣？我手上怎麼會有血？

這時人潮裡又起了騷動，這次走出來的是玉茹老師和隋雲。隋雲來到黃宗一面前，手一伸就說：「借你的東西一用。」

科學怪探露出思索的神情，隨即從公事包掏出一支手電筒。隋雲一接手就打開電源，一道光立刻打在我身上。

「看到了吧，」她指著我說：「她的裙子上有幾處暗色斑痕。」在哪裡？我低頭察看，好像真的有……

「那幾個暗色斑痕其實是血跡，」隋雲說：「她穿黑色洋裝，所以血跡不太明顯，必須藉由紫外線的照射才看得見。她手上的血是她自己的，不信的話就送檢驗室鑑定吧。」

「到底怎麼回事？」邱爸問：「怎麼會有血？」

這時玉茹老師走到邱爸身旁，在他耳邊講悄悄話，只見邱爸露出恍然大悟的表情。

「你被逮捕了，」邱爸給大叔扣上手銬：「為何要傷害那個小男孩，到警察局給我講清楚！」

警察押走犯人，救護人員將男孩送醫，人群也散開了。最後只剩下我、隋雲和玉茹老師三個人。

「放心，沒事了，」老師安撫我說。

「那個血……」我感到一頭霧水。

「恭喜你，從女孩變成女人了。」

什麼意思？我不太懂……

「你媽媽大概還來不及跟你解釋，」玉茹老師笑著說：「你第一次的生理期今天來了，沾在裙子和你手上的血，是你的『初經』。」

喔……我似懂非懂。

「我先送你回去，」老師牽著我的手說：「回到家，我們再跟媽媽好好聊一聊。」

「老師，先等一下，」我轉身對隋雲說：「謝謝你。」

「要謝就謝蕭莉玲，」她回答：「她很關心你。是她一路跟到這裡來的。」

「黃宗一怎麼會來？」

「蕭莉玲看苗頭不對，趕緊找黃宗一來幫忙，黃宗一再通知老師過來。」

「那你呢？」

「我剛好人在附近，」隋雲面無表情的說。話一說完，她坐著輪椅離開，卻又回頭。

「我很小的時候，別人都叫我小胖妹。」

「什麼……你……小胖妹……不會吧？」我睜大眼睛看著隋雲，真叫人不敢置信。

「就這樣。」這回她真的離開了。

哇，現在的隋雲，完全看不出小胖妹的痕跡。只是不曉得她為

何會坐輪椅。既然她辦得到，那我也可以。我不必像她一樣聰明，
但至少可以跟她一樣有自信！
沒錯，今日的隋雲，就是未來的我！

同樣都有氯，為什麼不一樣？

人類利用氯來漂白及消毒的歷史已有兩百多年，但由於氯氣不存在自然中，且毒性強，很少直接受到使用，大多以化合物的形式存在——次氯酸鈉就是一種含氯的化合物。由此可見，同一種元素存在的形式不同，性質也不一樣。最好的例子就是廚房必備的食鹽——氯化鈉，不僅不危險，還可以食用。人體內也含有豐富的氯，是重要的電解質來源，胃酸更含有鹽酸，也就是氯化氫的水溶液。

食物中含有鹽分：
氯化鈉
我的身體裡
也有氯！
胃裏含有鹽酸：
氯化氫的水溶液

大自然中的元素變化多端，有時獨立存在，有時與別的元素結合，雖是同一種元素，卻各有不同性質，不能一概而論，這也正是化學迷人之所在。

科學眼 元素是構成物質的基本單位，由兩種或兩種以上元素以固定比例結合在一起的化學物質，則稱為化合物。

破案之鑰

次氯酸鈉到底是什麼？

次氯酸鈉聽起來好像很特別，但其實就是日常用漂白水的主要成分。這種化學物質可產生活性很高的氯，容易與其他物質作用，達到去漬、滅菌、漂白的效果，而且價格便宜，所以相當普及。

次氯酸鈉具有清潔、消毒的作用，但也容易對我們的黏膜、皮膚造成刺激，使用時要大量稀釋，避免直接接觸或吸入，記得戴上口罩、手套，並打開窗戶通風。市售漂白水的次氯酸鈉濃度一般約為 5 ～ 6%，用於消毒需再稀釋 50 倍左右，日常居家清潔則稀釋 100 倍左右即可。

不過，次氯酸鈉和酸性物質混合會反應產生氯氣，氯氣就是有毒氣體了，曾被用來當作化學武器，據說具有胡椒、鳳梨的混合氣味及金屬味，吸入肺部會造成嚴重的傷害，毒性相當強。不可不慎！

危險！
強酸
漂白水
「氯」這麼危險，我還是用酒精消毒就好！

第五話
魔術賽局

路上聽到有人叫「帥哥」，不用回頭，鐵定不是在叫我。

我方逸豐這個人頗有自知之明。班上的帥哥首推鄭少傑，不然就是劉孟華，絕對輪不到我。

你可能會猜想，我是不是擁有什麼才華？像是彈奏吉他？那是張旋。運動神經很好？那是王元霸。考試成績特優？其實我的成績只能算中上。既然如此，為什麼我能和校花級的湯子怡交往？因為我是暖男嗎？才不是，很多暖男的下場都是淪為工具人。

我到底在湯子怡身上施展了什麼魔法？嗯，這個嘛……不告訴你！這是祕密！魔術師絕不會跟觀眾透露戲法怎麼變！

有人說我做人很成功，這倒是實情。不過，做人成功不代表要當爛好人，你要懂得在關鍵時刻出手，這樣人家才會明白你的重要性。

沒聽懂？沒關係，我來舉例說明。

以六年一班的現況來說，近來最引人關注的事件莫過於張旋下落

不明，導致錢老大一蹶不振，若再往前追溯，不幸的源頭來自於劉孟華的失蹤。雖然劉孟華回來了，也已經意識清醒，但他説他始終昏昏沉沉，不曉得自己身在何處，而且一直覺得好冷。有説等於沒説，也難怪警方仍是一籌莫展。

依我之見，整個謎團的關鍵在於那個蒙面魔術師的真實身分，只要查出那個人是誰，離真相應該就不遠了。據説隋雲也在追查這條線索，這就是所謂的英雄所見略同。如果我搶先找到蒙面魔術師，豈不是意味著我比隋雲、黃宗一更勝一籌？

你説怎麼可能嘛？呵呵，其實我偷藏了一張牌沒打，這是我比別人占優勢的地方。今天是星期六，我覺得是打出這張牌的時候了……

「子怡，抱歉，今天中午我不能跟你去打工了。」

「咦？不行啦，少你一個人力，我們一定會忙翻。」

「對不起，臨時有事，我非去處理不可。」

「怎麼啦？小方，什麼事這麼急……」

我把電話掛了，心裡對子怡和夢萱多少有些內疚。這幾個週末我們都去夢萱家的餐館幫忙，一來可強化子怡的嗅覺感應力，二來可提昇她對各種食材的敏銳度。不過，魚與熊掌不可兼得，找出魔術師才是現階段最重要的事。

出門後，我依循網路上得到的資訊，找到魔術專門店「默默」，位置就在分岔路口。店面的招牌不大，默默兩個字並不明顯，反而是招牌圖案相當醒目，那是一個時鐘，鐘面上畫了食指放在嘴唇上。

沒錯，就是這裡，就是這個圖案。

我推門入內，看見店裡面有八個人，男女皆有，年紀看起來都比我大，可能是大學生或上班族。奇特的是，有三個人穿著灰色衣服。

「請問……」

我一開口，周遭所有人不約而同的轉頭瞪我。

「我只是想……」

眾人都將食指放在嘴唇上，比出禁聲的手勢。

我不知如何是好，只好閉上嘴巴，靜靜的觀看四周陳列物。

這家店的內部空間不算寬敞，左側是一整排高度及胸的玻璃展示櫃，擺放了各式各樣的魔術道具。我認得的有皮夾、硬幣、戒指、海綿球、伸縮棒、撲克牌，還有一堆我不認得的東西。

右側是一座書架和兩座壁櫥。書架上陳設許多魔術參考用書，其中不乏有如天書般深奧難解的外文書，壁櫥則置放了鏡子、燭台、打火機、玫瑰花、禮盒等看似高檔的道具。另外還有一台三十二吋的液晶電視，不斷播放變魔術的片段。

中間通道放了兩張高腳桌，天花板的日光燈綻放出白色螢光，把店裡照得亮晃晃的，少了些許神祕色彩。

怎麼辦？不能講話，那要怎麼打聽消息？

正當我無計可施，燈光突然一閃，白光瞬間轉為溫暖的黃色光芒。我身旁一位個頭不高的女生頓時發出歎息，像是鬆了口氣似的。

「你是第一次來吧？」她跟我攀談：「在這家店裡頭，要過了十二點鐘才可以開口講話。」

我低頭看了看手錶，分針和時針同時指向十二。

「為什麼？」我問。

「每家店都有自己的規矩吧，」她聳肩回答。

她轉身準備走開，我趕緊攔住她。

「不好意思，可以對你提出一個小小的要求嗎？」我又加一句：
「因為我實在很狀況外。」
她打量了我片刻，然後走向一張高腳桌，把隨身包放在桌上，再招手叫我過去。
「問吧，」她說。「你想知道什麼？」
「你是這裡的常客，對嗎？」
「我很常泡在這裡，尤其是週末。」

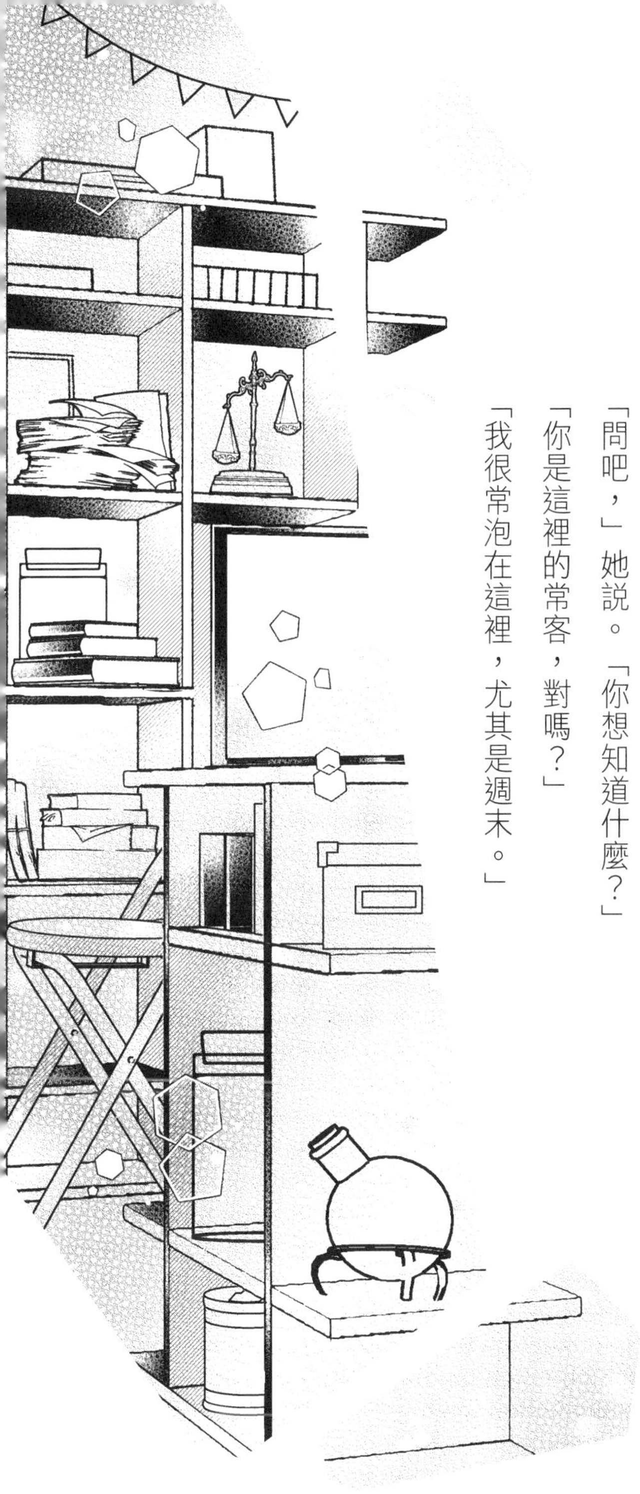

我看到有灰衣人從壁櫥裡拿出道具，然後跟旁人交談。

「這家店還有什麼規矩是我應該要知道？」我又問。

「你什麼都不知道就跑來，」她的口氣有點不耐煩：「這樣是在浪費大家的時間。」

「這位姊姊，請問怎麼稱呼？」

「我叫康妮。」

「康妮姊，我知道我很像誤闖叢林的小白兔，可是我真的需要你的幫忙。」

「好吧，」康妮勉為其難的說：「這裡禁止喝水和吃東西。」

「可是，玻璃櫃後面的灰衣人拿著寶特瓶在喝水欸。」

我的腦袋往玻璃櫃的方向稍微傾斜，這個動作剛好和康妮歪著頭講話的模樣一致。我又把雙手交叉放在桌上，這麼一來，幾乎完全複製了康妮的姿勢。

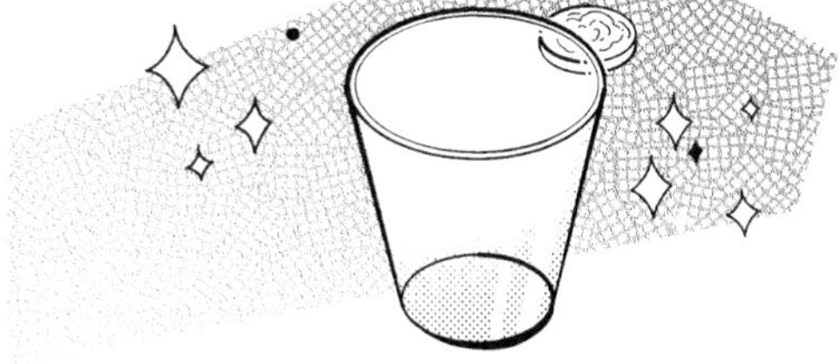

「他是工作人員，」她邊說邊微笑：「穿灰色制服的，都是工作人員。」

「顧客禁止進食，我懂了，」我也笑著說：「魔術道具怎麼賣？我沒看到標價。」

「這裡的道具用錢買不到，」她傾身向前：「你得用時間換。」

「用時間換？怎麼換？」我也跟著傾身向前，差點碰到她的額頭：「這裡的道具有這麼特別？」

「一點也不特別，特別的是他們的售後服務，」她的身體後仰回正：「不管你換到哪套魔術道具，他們保證把你教到會。」

我轉頭指著玻璃櫃內的透明杯子。

「那個道具要用多少時間來換？」

「硬幣穿過杯子？」康妮說：「三十個小時。」

「三十個小時？很多吔！」我驚訝的說：「要怎麼付給店家？」

「你待在這裡的每一分鐘，都是付給店家的時間，」她露出神祕的笑容。

「我不太懂……」我忍不住搖頭。

「你今天離開這裡時，工作人員會給你一張卡，」她說：「下次你再來的時候，記得要刷那張卡，離開時也要刷，你付給店家的就是這段時間差。」

「待得愈久，付得愈多？」

「這家店的營業時間是上午十一點到晚間九點，如果店門一開你就來，然後待到打烊，而且連續來三天，你就可以換到那套『硬幣穿過杯子』的魔術。」

「聽起來很容易嘛。」

「其實沒那麼容易，」康妮說：「你不能吃喝，餓起來時卻看見工作人員在吃東西，這很令人煎熬。此外，這裡的洗手間不外借，為了上廁所你得出去，但一出去就不能再進來，因為一天之內只能進出一次。還有，晚間八點至九點也不能出聲講話，所以絕大多數客人一到八點就會離開。也就是說，你以為三天就可以換到魔術道具，結果卻要花上五、六天才行。」

「這麼麻煩，」我模仿康妮搖晃食指的動作：「花錢買不是比較乾脆？」

「只想花錢買道具的人，就不會再來第二次了，」她垂下雙手，再交叉放到桌上：「來這家店的客人不在乎錢，只想在這裡耗掉時間，大家都是物以類聚。店家也不是以營利為主，不然他們幹嘛不打廣告、不做宣傳？」

「滿有趣的店，」我也把雙手放到桌上：「這裡最昂貴的魔術是什麼？」

「把人變不見，」她打了個響指：「抹去活在這世上的痕跡。」

「真的嗎？」我口氣急切的問：「要用多少時間來換？一千個小時夠不夠？」

「我哪知道，」她好奇的看著我：「這要跟老闆私下討論。」

別慌張，鎮定點，我在心裡對自己喊話。玻璃櫃後方的灰衣人打開錢包，頓時冒出火焰。

「這裡的工作人員都是魔術師嗎？」我問她。

「應該是吧，」康妮說：「這些人道具一上手，馬上就可以變出魔術。」

我傾身向前，盡可能壓低聲音。

「這裡的魔術師可以出租嗎？」

康妮看著我，彷彿我鼻子變長似的。

「老闆不接出租魔術師的業務。」

「這裡的員工會不會私下接案？」

康妮雙手交叉抱胸。

「老闆在嗎？」我接著問：「我可以問他本人嗎？」

「康妮，這個小鬼在糾纏你嗎？」剛才用錢包變出火焰的灰衣人突然介入。

「稱不上糾纏，但他問的事情聽了令人火大。」康妮說完，轉身就走，絲毫無意跟我說再見。

「小鬼你才十歲吧，想對大你十幾歲的姊姊幹嘛？」灰衣人問。

「我十二歲了，」我理直氣壯的說：「我只是問她，可不可以見老闆。」

「我們老闆不隨便見客，」灰衣人說：「一來就問東問西，還想要見老闆，真是莫名其妙！」

別急，不要自亂陣腳。我學灰衣人撥了一下頭髮才講話。

「我想問你們老闆，有沒有出租魔術師的服務……」

「你在找人去你的慶生會扮小丑、變魔術？」

「不是這樣，你誤會了……」

「我最討厭你這種人，模仿別人的一舉一動。你可能覺得好玩，但我覺得很不爽！」

糟糕，他說話速度這麼快，我要是學他講話，場面會變得很像在吵架，那就不妙了。

「給我出去，這裡不歡迎你！」

怎麼辦？快沒戲唱了……

「你們這裡有明文規定，不可以模仿別人嗎？」

我身後突然有人插嘴講話。回頭一看，竟然是黃宗一和子怡！他們倆怎麼來了？

「模仿別人就是不行！這是一種挑釁！」灰衣人說。

「魔術師也是在模仿別人，」黃宗一說：「你們一開始都是模仿

前人，然後才設法突破創新。」

「太好笑了，你這個小毛頭居然跟我說教！」

「他也算是某種魔術師，」黃宗一指著我說：「模仿別人的動作就是他的戲法。」

黃宗一怎麼知道？他已看穿我的祕密？

「夠了，」灰衣人發飆了：「統統給我出去！」

「阿翰，冷靜點，他們是客人。」

上方突然傳來男人的聲音。我往天花板張望，角落似乎有內嵌式擴音器。

「穿白襯衫的小朋友，」那個男聲問道：「有一種東西看起來很不可思議，其實卻很平凡，請問那是什麼？」

不可思議卻很平凡？這不是很矛盾嗎？我腦袋一片空白。

「答案是魔術，」黃宗一說：「在台下看很不可思議，一旦知道

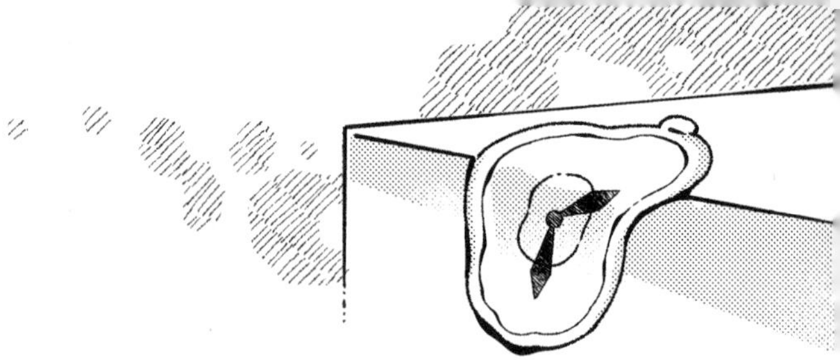

祕訣，就平凡無奇了。」

有道理，我怎麼沒想到？

那個男聲又問了：「你覺得時間是什麼概念？」

時間是什麼？時間是歲月、是時刻的長短……可是，這會是對方想聽到的答案嗎？

「時間是一種魔術，」黃宗一說：「隨著時間流轉，花開了又謝了，蛹羽化成蝴蝶，小孩長大成人，就像魔術一樣不可思議。」

擴音器傳來歎息聲。黃宗一到底是答對還是答錯？

「電視機正在播放的魔術，你能看出它的平凡之處嗎？」

我回頭一看，螢幕中的魔術師走向一輛車子，朝車內一看，發現擋風玻璃內側的左下角夾了一張白色文件。只見魔術師伸出左手蓋在擋風玻璃上，剛好遮住白色文件，然後另一隻手在左手指縫間拉扯，結果竟拉出那張文件！

怎麼可能？玻璃沒破掉啊？

「真相是白色文件有兩張，」黃宗一立刻解題：「魔術師掌中藏了一張，表面上看起來是隔著玻璃取文件，其實是把掌中的文件拉出來而已，玻璃後的文件可能繫著一條釣魚線，躲在車裡的助手趁魔術師表演時把紙抽掉。」

賓果！一定是這樣沒錯。

現場一片靜默，我大氣不敢出一聲。終於，擴音器有了反應……

「阿翰，請他們進來。」

灰衣人帶我們走到牆邊角落，伸手在牆上一推，立刻出現一扇暗門。門後的空間大約是十張榻榻米拼接起來的大小，正對面靠牆處有一整座書櫃，藏書少說有一兩千本。左側有三台監視器螢幕，忠實呈現店裡頭的動靜，右側是一台大型液晶電視，和現場的電視同步播放一樣的內容。榻榻米上面有張小茶几，擺了茶壺和一只杯子。

有名男子蹲坐在茶几旁，揮手示意要灰衣人退下。

「先脫鞋，然後上來坐。」

我們三個聽命行事。室內光線不算明亮，但足以將這個人看得分明。他看起來很年輕，像是二十來歲的大哥哥，但聲音聽起來很蒼老，年紀應該不小了，尤其眉宇之間有股滄桑感，實在很難判斷是幾歲的人。子怡在我耳邊輕聲說：「這裡有股厭世的味道。」

「我就是老闆，你們還是小學生吧？」

「我們不是來搗亂的，」我單刀直入的說：「我幾乎可以確定你們有在出租魔術師。」

老闆笑得很無奈：「你是怎麼找到這裡來的？」

「我在網路上看到你們店面的照片，然後按圖索驥，找上門來，」我說。

「我一向請客人不要拍照、不要宣傳，」老闆說：「看來還是有人當作耳邊風。」

為了說服他，我必須揭開自己的底牌。

玉茹老師慶生會那天，表演前我在推車那個魔術道具上，看到一張有圖案的標籤，但演出後那張標籤不見了，我猜是魔術師把它撕掉的。直到前幾天，我在網路上看到一模一樣的圖案，知道有這家魔術專門店，才把兩件事串連起來。

老闆不發一語，像雕像似的文風不動，最後他歎了口氣。

「魔術師不外租，魔術戲法倒是可以外傳。」

「你是說，把人變不見的魔術，你曾經傳授給某個人？」我興奮的說：「那個人是誰？」

「我不能說。」

「要找回失蹤的同學，必須先知道魔術師的身分才行，」我激動的說。

「我發過誓，」老闆意興闌珊的說：「除非我掛了，否則絕不會洩露客人的個資。」

怎麼辦？要用什麼理由才能打動他？

「對了，時間，」我靈機一動：「要用多少時間，才可以換取那個客人的身分？」

「你這孩子很講義氣，」老闆以肘撐桌、以掌托腮：「但是膽識你也有嗎？」

「我有，」我堅定的說：「你要多少小時，我都付給你！」

老闆消沉的表情不見了，反而變得有些興致盎然。

「你知道逃脫術吧，」他說：「如果逃脫失敗，你在世上的時間就全部歸零。」

蛤？什麼意思？我突然有種不好的預感。

「後面的半山腰有一道懸崖，我們去那裡玩逃脫術大考驗，」老

闆一本正經的說：「你我各自開一部車，往懸崖邊緣直衝過去，看誰能及時煞車沒衝過頭，但又離懸崖邊最近，就是贏家。」

「老闆，我們還是小孩，怎麼會開車？」子怡出聲抗議。

「開玩笑的啦，」他淺淺一笑說：「遊戲規則可以調整，我們改騎自行車，不必挑戰懸崖，而是面對面朝著對方直衝過去。」

「還是很危險！」子怡再度抗議：「自行車對撞也會受傷。」

「轉動龍頭，避開來車，不就沒事了？」老闆氣定神閒的說：「只不過，先轉彎的人就輸了。」

「如果我輸了，就無法得知那位客人的個資？」

老闆點點頭。

「小方，不要答應他，」子怡試圖勸退我。

我猶豫不決，這場遊戲似乎風險很高，卻是找出魔術師的唯一機會，況且我已誇下海口宣稱自己有膽識……要拚拚看嗎？

「沒問題，你就陪老闆玩一場吧。」

什麼？黃宗一居然幫我接下這個挑戰，他到底安什麼心啊？

・　・　●　・　・

一個鐘頭後，我們三人搭乘老闆安排的專車，抵達南邊的山區。我們沒去半山腰的懸崖試膽，而是來到山底下的一條公路末段。這條路又直又長，而且位於偏遠地段，很適合玩脫逃術大考驗。問題是，要下場玩的人是我。

「黃宗一，你有想到對策嗎？」我問。

「你就跟平常一樣，模仿老闆的一舉一動就好，」黃宗一回答。

「你是什麼時候看穿我的手法？」

「你這招只不過是鏡像效應的運用，稍微觀察就一目瞭然。」

哼，什麼鏡像效應，不懂他在說什麼。

「小方，你身上有恐懼的味道。」子怡說：「模仿老闆就會贏？有這麼容易嗎？」

「你要模仿他，但不要太過火，免得讓他覺得你虛張聲勢，」黃宗一說：「重點是你要騎得夠快，讓他覺得你是玩真的。你要是害怕而騎得慢吞吞，那就輸定了。」

「這是什麼道理？」我一頭霧水：「為什麼騎得快才會贏？」

「你們玩的這個遊戲，可稱為膽小鬼賽局，」科學怪探開講了：「雙方如果都拒絕轉彎，結果是兩車相撞而兩敗俱傷；如果是一人轉彎，這個人會被嘲笑為膽小鬼。要贏得這場賽局，關鍵是讓對手膽怯而提前轉彎。」

「只要我騎得飛快，就有機會贏？」

我戴上安全帽，穿上輕盈的防護衣。包括變速自行車在內，一切

都是老闆打理好的。

「這是一場心理戰，」黃宗一又說：「老闆認為你是小孩，斷定你會恐懼而先轉彎，他怕你摔車受傷，所以做了很多防護措施。只要你表現得很沉穩，一副絕不認輸的氣勢，說不定他會大吃一驚而臨陣退縮。」

我懂了。要保持鎮定，騎車時勇往直前就對了。

這時候我的對手也抵達現場了。老闆走到我面前伸出手來，我握住他的手說：「祝你好運。」

公路上只有我們兩台自行車，中間相隔兩千四百公尺。這麼遠的距離，我看不清楚老闆的表情，不曉得他是否一臉胸有成竹。

一部黑色廂型車突然開過來停在路邊，後車門打開時降下一台輪椅。哦，隋雲也來湊熱鬧，八成是黃宗一通知她的。我聽見隋雲的聲音：「玩這麼大。」

接著「砰」的一聲，站在中點的灰衣人鳴槍示意起步，我立刻猛踩踏板全速前進。為了減少阻力，我刻意彎腰趴在車上，風聲在耳邊呼呼長嘯，我心裡突然有個錯覺，遠方的黑點就是我衝刺的目標。

現在時速多少？四十公里？五十公里？

漸漸的，前方黑點變成一條線，我的小腿開始感到痠痛……我必須踩得更用力，腰彎得更低，時速是不是已突破六十公里？輪胎好像飄了起來……

剎那間，前方的自行車已清晰可辨，而且正迅速逼近中……還剩多少距離就會撞擊？五百公尺？四百公尺？若是對撞，那會發生什麼情況？我繼續用力踩，眼睛直盯著前方，千萬不可轉移視線，呼呼呼的風聲消失了……頓時對手已來到眼前，我突然聽到怦怦怦巨響……是我的心臟在猛敲胸口嗎？我不由自主的閉上眼睛，下一秒意識到我的身體傾斜，整台車滑了出去……

「小方，你還好嗎？」

我聽到有人在叫我，緊接著有雙手抓我的肩膀搖晃。我睜開眼睛，看見一臉擔憂的子怡，在她身後是黃宗一和隋雲。

「很抱歉，你輸了。」

講話的人是老闆。我挺身坐起來，看見他已摘下安全帽，露出一臉失望的表情，彷彿輸掉比賽的人是他。

「他是輸了，但是你不見得贏了。」

蛤？隋雲這句話是什麼意思？老闆也愣住了。

「若換成玩懸崖大考驗，沒有轉彎的你已經騰空飛出去了，」隋雲對老闆說：「某種概念上，其實你現在已經掛了。」

隋雲是在詭辯硬拗嗎？沒想到老闆居然哈哈大笑。

「你們這些小朋友太有趣了，」他笑得合不攏嘴：「今天是我這一年來第一次踏出書房，而且我已經很久沒有笑得這麼開心。既然我已經掛了，那就沒什麼好顧忌了。」

「真的嗎？你願意告訴我們魔術師的身分？」我不敢置信的說。

「那個女孩來我的店，說要學一套把人變不見的魔術……」

「那個魔術師是女生？」我忍不住插嘴。

「那個女孩的眼神跟你一樣清澈，」老闆對著黃宗一說：「我對她很好奇，所以接見她。我們聊了很久，但大多是我在講話，她只是默默的傾聽。後來我傳授她魔術戲法，並且提供道具推車。」

「她叫什麼名字？」我趕緊問。

「她沒說，我也沒問。」

「她長什麼樣子？年紀多大？」

「個子頂多一六〇，身材苗條，打扮很時髦，臉上有化妝，應該是年輕女性。」

「就這樣？」我口氣沮喪：「線索太少，要找到她還是很難。」

「她身上有什麼特徵？」隋雲問。

老闆沉思片刻。

「我沒特別注意，」他說：「但我徒弟教她魔術時，發現她身上有一塊疑似刺青的圖案。我徒弟順口問了一下，她說那是一隻……」

「青鳥！」我們四人幾乎同時開口。
這一次，我可沒有模仿任何人就得到答案！

來，對著小寶寶比手畫腳，他們也會跟著做出相同動作。為什麼有這種現象？科學家推測，鏡像可能是一種重要的學習方式，也是理解其他人的情緒、建立同理心的基礎。

人總是希望得到了解及認同，並受到喜愛，鏡像效應會在無意識中發送「有好感」的訊息，彼此愈有好感的人之間，發生鏡像行為的頻率也愈高。

反過來說，若想得到對方的好感，運用鏡像效應可能是條捷徑，有利於促進人與人之間的溝通，並建立友好的關係。但可別忘了其中的重點——鏡像是無意識的行為，若是有意識的操作，只能稱為模仿，一不小心弄巧成拙，反而會招來反感。

科學眼 鏡像和被鏡像的雙方，都會產生鏡像效應。

破案之鑰

鏡像效應真的有用？

先說明一下鏡像效應是什麼。這裡的鏡像，是指一個人在無意識中不自覺的重複另一人的姿勢、說話方式或態度，這種現象常發生在人際互動上，像是家人、好友或同一個社群之間。家人常出現同樣的行為或說話方式，好朋友之間也常給人類似的印象，可能就是鏡像效應的結果。

科學家甚至在大腦裡，找到與鏡像行為相關的神經細胞，就叫「鏡像神經元」。當鏡像行為出現時，位在人類腦部特定區域的神經會激發活化，出現反應。猴子等靈長類動物與鳥類身上，也具有類似的腦區。

剛出生的人類小寶寶身上已觀察得到鏡像行為，他們會模仿身邊的大人牙牙學語；對著小寶寶笑，他們會笑回

第六話

犯罪現場直播

我想要紅。我想要當明星。這是我從小立下的志向。

可是老天爺不賞臉，沒給我動人的嗓音，也沒給我美麗的容顏，甚至連曼妙的身材也沒有。但無所謂，沒有明眸皓齒，我可以去美容整形。身高只有一四幾，也沒關係，我才十二歲，還有向上發展的空間。我的歌聲或許不算很好聽，但是我很敢唱，我自認我的聲音渲染力十足，正是所謂的餘音繞樑，包準你聽了忘不了。

偏偏這些特點何文彬全都看不到，就愛調侃我唯一擁有的武器是厚臉皮，真是皮癢欠揍的傢伙。

但說真的，要是不厚臉皮，就不可能屢敗屢戰了。坊間有很多大大小小的歌唱比賽，我盡可能報名參加，但結局都是淘汰出局。有個評審還教訓我：「妹妹，你年紀小，未來的變數太大，等上了國高中再來參加。」

哼，你這老頭懂個屁，明星要從小培養才行，沒看到韓國演藝圈的練習生很多都只有十二、三歲嗎？

有一次我實在是氣不過，一時口快說自己已經跟經紀公司簽約，小學一畢業就要去韓國當練習生，但立馬被邱政抓包。他問我是哪家經紀公司，我先是支吾其詞，然後隨口掰了個名字，結果他上網一查，發現無此公司。後來他逢人就說我是放羊的孩子，講的話根本不能信。

兩個月前，我的人生出現轉機。那個週末，有個當紅藝人在百貨公司辦活動，我用盡洪荒之力也擠不進圍觀人群。正要離去時，一個年紀與我相當的男生，以發亮的眼睛看著一名路人甲說：「爸爸，那是我最崇拜的直播主！」我查了一下，才知道那人是超有名的電競直播主，月入可高達數十萬！

看來直播是個潛力無窮的新興產業，更是未來的主流趨勢。於是我決定要投入這個行業，當一個載歌載舞的直播主，開創屬於自己的演藝生涯。而今晚，我直播的主題是：夜訪犯罪現場！

• • ● • •

看到這裡，你一定覺得很奇怪，歌舞片怎麼變成警匪片？這說來話長。剛展開直播時，我當然是對著手機唱歌，但瀏覽人數一隻手就數完了。歌唱得這麼好聽，為何聽眾才小貓兩三隻？一定是因為沒有做宣傳。我趕緊通報親朋好友，並且要求班上同學上線觀看幫忙衝人氣，然而效果還是不彰，線上人數兩隻手就數完了。

哼，這些人真不夠意思，枉費我唱了一百分鐘，唱到口乾舌燥也不來捧場，同學是這樣當的嗎？

為了讓粉絲養成上線習慣，我發現直播時段必須固定。白天要上課，所以只能晚上來，可是晚間直播會吵到家人，我媽常站在房門外

罵：「小聲點，你以為家裡是KTV啊！」可是不唱嗨一點，人氣似乎衝不上來。我不時想到，如果張旋在就好了，我唱歌他彈吉他，絕對是最完美的組合。不曉得他現在人在哪裡，是否安然無恙？

為了讓直播看起來充滿律動感，我試著在唱快歌時扭動身體。這招效果還不賴，我發現我手腳隨著節拍一動，線上人數也跟著動起來，甚至一度逼近一百大關。我開始給自己化妝，塗口紅，上粉底，希望會更上鏡頭。還真的有粉絲留言了。

「化妝有比較可愛，但可不可以穿短褲？」

穿短褲跳舞？那有什麼問題。就讓你們看看我青春無敵的模樣！

隔天又有粉絲留言。

「我想看你穿短裙。🙏」

短裙？有何不可？我剛好有件短裙，而且滿足粉絲正是直播主的工作。換上短裙，露出我的雙腿，雖然不夠修長，但至少稱得上纖細。

我邊唱邊搖擺腰肢，線上人數簡直是扶搖直上，瞬間突破兩百，留言不斷湧入。

「水啦！」

「有夠讚！👏」

「太可愛了！☺」

「搖用力點！🕺」

哈哈！原來這就是走紅的滋味。有粉絲留言問：

「美眉，你叫什麼名字？住在哪裡？」

呵呵，這就是所謂的追星族吧？想到我家門口要我的簽名？

「說說你是哪間學校幾年幾班也ＯＫ！」

應該ＯＫ吧……這時候出現了一行留言：

「不要在網路上洩漏個資。」

咦，留言的人叫神探邱？新來的粉絲？

「小心被戀童癖跟蹤糾纏。」

哎呀，我知道了，神探邱就是邱政。他這麼關心我，平常怎麼不對我好一點？

我擺出最俏皮的表情對著鏡頭說：「我最親愛的粉絲，不好意思，個資是最高機密，除了老公誰都不能講的喔，但我會用更棒的演出來回報你們！」

過沒幾天，短裙的威力下降，線上人數跌落兩位數。這時有粉絲留言了。

「你有中空裝嗎？」

這句留言引發了連鎖反應。

「我也想看中空裝。🙏」

「可以穿比基尼嗎？」

蛤？穿比基尼？我還沒發育出S型身材……

「沒有的話我買給你。」

另有粉絲也留言：

「如果你穿上比基尼，我馬上斗內。」

「斗內」！竟然要給我錢？

「你穿比基尼，我送上跑車！🚗」

跑車！好大的禮物！沒想到更勁爆的還在後面。

「你上空，我送你火箭！🚀」

天呀！這麼容易就能得到跑車和火箭！這禮物換算成新臺幣是多少錢？十萬？還是二十萬？

結果，又把神探邱釣出來了。

「比基尼不行！上衣不能脫！這是違法的行為。」

邱政的留言，引發線上激烈反應。

「你誰啊？糾察隊嗎？關你啥事！😠」

「不想看就退出頻道！」

「這裡不需要正義魔人！」

對啊，關你邱政什麼事！不讓我穿比基尼，那你要送我跑車和火箭嗎？

「你脫掉上衣我就檢舉你，你的頻道會被封鎖下架。」

哼，好大的官威，用你爸是警官的身分來壓我！

「不穿上衣一秒鐘就好，我立刻送火箭。」

「我送跑車。」

「一秒鐘，跑車+1」

這麼好康，只要一秒鐘……這麼短，應該什麼都看不到吧……

「一秒鐘都不行，網路上留下的痕跡，一輩子都會跟著你，」邱政還在說教。雖然他說的有點道理，但瞬間獲利實在太誘人……

「你要當明星？還是脫星？」

咦，沒想到隋雲會上來留言。她這句話有如當頭棒喝，讓我立刻清醒過來。沒錯，我不賣肉，而是要當實力派的巨星，莫忘初衷。我鎮定的唱完「好不容易」，結束那一晚的直播。

・ ● ● ● ・

沒想到的是，我的頻道隔天就被停播了！未成年人不能開直播，一定是被抓到了。但我不死心，另外再開一個直播頻道，改名「小雅的日常韻律」，只試著跟粉絲做朋友。

我在直播中有時吃晚餐，有時吃冰淇淋，有時看書寫功課，有時聽音樂哼歌，有時聊聊當天的生活點滴和感受。總之，就像對待朋友一樣，讓大家分享我的日常面貌。這種直播方式的好處是能養出一票追蹤我的鐵粉，壞處是線上人數始終衝不高，偶爾才會突破三位數。唉，當直播主沒那麼容易啊。

就這樣平淡的過了好幾天，一位粉絲留言：

「我心情不好，今晚可以陪我嗎？」

我有點忐忑不安。

「怎麼陪你？」我反問對方。

該不會要我做什麼奇怪的動作吧？

「做你自己的事情就好，只是今晚的直播請不要停。」

那簡單。我哼唱了幾首歌，寫了功課，整理了房間……後來不知何時我斷片了，突然醒來時，發現自己正趴在桌上睡覺……糟糕，睡到流口水的醜態直播出去了……我揉著眼睛看手機畫面，已經是半夜兩點多，只見粉絲留了言：「真的非常謝謝你陪我。」

粉絲們開始把我當好朋友看待，陸續提出一些要求，但都不至於讓我為難，譬如說：

「我失眠睡不著，可以講故事給我聽嗎？」

「想聽什麼故事？」我問。

「都可以。」

我把老媽的張愛玲小說搬出來念，雖不知她的書好在哪裡，也不曉得有沒有解決對方的失眠困擾，但粉絲稱讚我的聲音好聽有磁性。

另一位粉絲提出的要求就較具難度了：

「我想看變魔術。」

我對魔術不太熱中，也沒學過任何戲法，幸好還知道一套魔術，可以拿來應急。我先在桌上擺一枚十元硬幣，然後在硬幣上放一個透

明玻璃杯。

「看，我用杯子將這枚硬幣壓住了。但接下來，我要把這枚硬幣變不見！」

我一手高高舉起水壺，一手故弄懸虛的在杯子旁揮舞，然後將壺嘴對準杯子慢慢加水，直到杯內的水大約有三分之二滿。這時候從側邊角度看，怎麼也看不到硬幣的蹤影。硬幣消失了！

「神奇吧！」

有粉絲回應：

「你偷偷把硬幣拿走了吧。」

「沒有喔，你可以檢查影片，我的手完全沒有碰到杯子喔！」

一會兒過後，這位粉絲又上來留言：

「真的欸，完全沒有碰到！👍」

「求解答。🙏」

「硬幣其實還在，只是我們看不到它的影像罷了。」

什麼？我才得意沒幾秒鐘，就有人揭穿我的戲法。這傢伙是誰？黃宗一！他居然上線看我直播？

「我們能看見是因為光線進入眼中。光線落在硬幣上會被反射，反射的光線在穿過杯底的玻璃時會發生折射，當杯子裡有水時，折射的角度和空杯時不一樣，這會使光線前進的方向發生改變，讓光線抵達杯子側面時變得無法穿透玻璃，我們也就無法從杯側看到硬幣的影像了。但這時如果由上往下看，會看到硬幣其實還在水杯的底下。」黃宗一繼續開講。他打字速度真快！

愛現的傢伙，連在網路上也長篇大論。這裡不興這一套啦！

「沒錯！我確認過了。打賞、打賞！」

蛤？怎麼會？

「該被打賞的人，應該是解謎的黃宗一吧，」有人這麼提議，署名是Keyman。

哼，八成是何文彬，看來班上同學還是有上來捧場，只不過多半在潛水。

「我想請教一事。」

這位粉絲是在問我嗎？

「有一天半夜，我在昏暗的廚房泡咖啡，一時錯把湯匙伸入裝砂糖的玻璃罐攪拌，卻突然看到有光線閃爍，這是為什麼？」

一連串的留言陸續出現。

「眼花啦，該去配眼鏡了。」

「靈異現象。」

「有鬼！」

「趕快搬家！」

哇！線上人數突破三位數！

「原因可能是攪拌砂糖時，糖晶體受外力撞擊或擠壓而破碎，使斷面帶有正負電荷，這些電荷隨即中和，並發出閃光。」

不用看署名也知道是黃宗一。只有他才會講出這種令人摸不著頭緒的東西。

「蝦咪？這個我真的不行。」

「完全不懂……」

「我到底看到了什麼！」

「有誰可以來解釋一下？」

「電荷中和是什麼鬼？」

「這是科普可以解釋的現象？」

「神人！」

等一下，這是我的頻道，怎麼把我這個直播主晾在一旁？

「我不懂電荷中和是什麼鬼，但我看得到鬼，」我對著鏡頭說。

但粉絲顯然還在暗夜中攪拌砂糖。

「有了，真的有光！」

「我也拿砂糖來攪拌看看。」

「酷，這和摩擦生熱有關係嗎？」

「喂，有在聽我講話嗎？我說我看得到鬼，而且我後面就有一個！」我大聲對著手機說。

「真假？我只看到空氣。」

「我也沒看到。」

「小雅莫非有陰陽眼？」

總算把粉絲的注意力拉回來了，可是邱政又來壞我的事。

「不要騙人。」

「其實我的意思是，我感應到我後面有個幽靈，」我換了說詞。

「是背後靈。」

「纏著你的幽靈？你們之間有故事嗎？」

「有人吃味喔？」

很好，粉絲們回頭來關注我了。

「他是我班上的同學，有吉他王子的稱號，一直想找我搭檔玩音樂……」

「喂，你別亂說，張旋只是失蹤，人又沒有掛掉，」Keyman又上來攪局。哼，你不講話，沒人當你是啞巴。

「我只是想說他很關注我，而且欣賞我的歌喉，他認為我們的搭檔會是……」我一時想不出貼切的形容。

「天作之合。」

「對啦，謝謝這位粉絲幫我解圍，給你一個愛心笑臉喔。」我露

出笑容，雙手放在胸口比了一個愛心手勢。

「放羊的孩子又來了，」邱政再度反駁我：「張旋才不會欣賞你的歌喉，問老大就知道。」

「相不相信隨你便，」我說：「反正我感覺得到他在我身邊。」

我停頓一下，接著說：「我很想去他失蹤的地點尋找線索……」

「心動不如馬上行動。」

「對，現在就去！」

「你現在去失蹤現場，大家一起集思廣益，把你同學找回來。」

「哈哈，好多鍵盤偵探幫你！✊」

蛤？粉絲們在鼓吹慫恿我。這下可好……

「你說過喔，滿足粉絲是直播主的工作。」

明白了吧？我總不能自打嘴巴，結果就變成了這樣。現在是晚間八點半，十分鐘後，我將進行第一次的戶外直播：夜訪犯罪現場！

晚間八點多的街頭，路上還看得到車輛與行人，我一個小女生夾雜其間顯得形單影隻。但是不用怕，因為我有六十七位追蹤我的粉絲做後盾，有突發狀況大家都會幫我。對吧？

「大家看到了嗎？我剛剛經過欣悅廣場，門口陸續有人潮散去。燈光可以嗎？夠亮嗎？」我對著手機發聲。

「沒問題！👍」

「閃亮亮。」

「再亮也沒你的眼睛亮。」

粉絲的嘴巴真甜。

戶外直播是臨時起意，但幸好我有所準備，自拍棒和補光燈早已入手，這時候剛好派上用場。拿著自拍棒邊走邊直播，真是太方便了，我的臉蛋在螢幕中並沒有劇烈搖晃。

「小雅，你要去的犯罪現場在哪裡？」有粉絲問。

「在南區那邊，我不是很熟，但大概知道地方。」

「警方應該調查過了吧？」

「對啊，據說一無所獲。」

「這案子不是由我爸承辦，」邱政

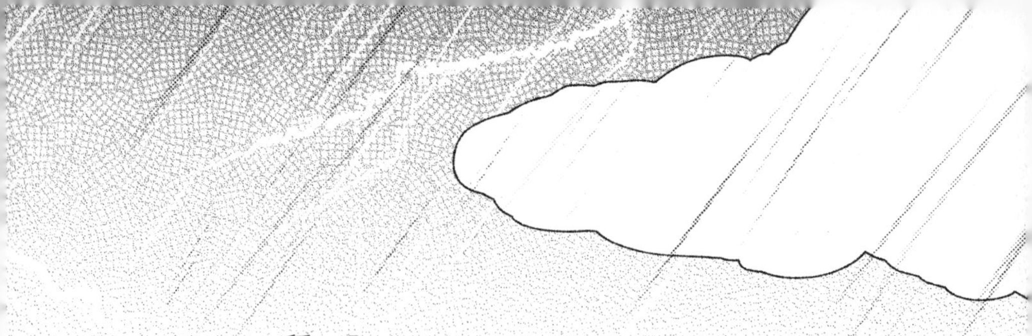

跳出來聲明。

誰理你啊。

「這個頻道有警察的小孩在觀看！幸好我們都是守護孩童的正義達人。☺」

轟隆！這時候響起打雷聲。

「喂，是不是有人説謊？」

「要遭天譴嘍。」

「沒有啦，是快下雨了，」我説。

糟糕，我沒帶傘，萬一下雨就頭大了。我加快腳步，從大馬路轉入巷弄。突然間又是轟隆隆打雷聲，隨後就落下雨滴。幸好人行道上種了一排樹，我趕緊躲到樹下。粉絲們開始議論紛紛。

「下雨了，還是回家吧。」

「意思到了就好。」

「我還是想看犯罪現場。」

「碰上雷雨時，不能躲在樹下避雨，有可能被雷擊中。」

「哪會這麼衰。」

「聽說不要讓頭高過樹梢就好。」

「那是不是躺在樹下就ＯＫ。」

「不要站也不要躺，最好的做法是蹲下來，」黃宗一留言了。

「為什麼要蹲？」

「蹲下時人比較低，整個人和地面接觸的面積也最小。」

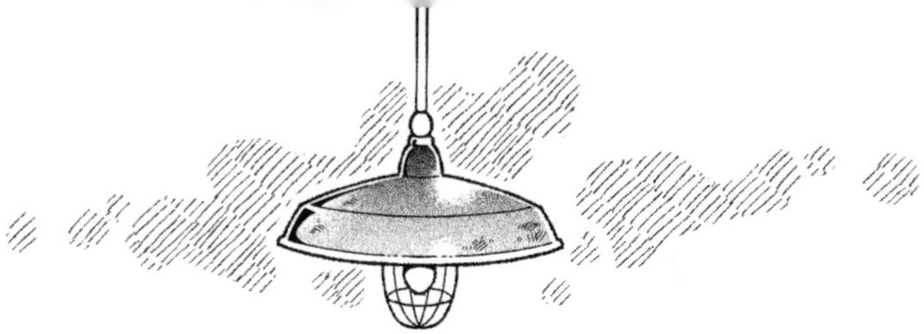

「聽嘸……」

「我也不懂……」

又來了，不能再讓黃宗一搶戲。我趕緊往前走，尋找馬玉珍之前說的那個發報攤，並且沿路對著鏡頭做介紹。

「你們看，沿途的店家都快關門打烊，後面是住宅區，這裡已經沒有行人了，只剩下我……應該快要到了……」

就在此刻，我看見那個騎樓，亮著黃色燈光，裡面有個樓梯間……我隔著巷子往騎樓的方向張望，是那裡嗎？

「到了嗎？」有粉絲問。

「看起來很普通。」

「還等什麼，快進去看啊。」

我正要往前跨步，右前方突然出現一個男的。他走進騎樓後轉身爬上右側樓梯，隨後消失在階梯盡頭，可是沒多久，他卻從左側樓梯現身，奇怪的是，他居然由下往上爬……

「搞什麼啊，整個畫面都是你的大臉！」邱政留言。

「小雅，你看到什麼？嘴巴張這麼大。」

「不要過去，說不定有危險，」隋雲也留言。

那個男的走出騎樓，沿著人行道往左邊漸行漸遠。

沒錯，就是那裡，我記得馬玉珍說過「不要相信自己的眼睛！」

我邁開步伐往前走，停在騎樓打量眼前的景象。由於早已知道這是視覺上的錯覺，所以很容易就看穿眼前的假象。我往裡面邊走邊說：

「大家看到了嗎？這是立體壁畫，階梯是假的，牆上的扶手也是假的，都是用彩漆畫出來的。」

「誰這麼無聊，跑到這個地方塗鴉。」

粉絲們紛紛表達意見。

「看不出有3D效果。」

「要到現場看啦。」

我四處走動，發現除了樓梯，騎樓底的牆面正中央還畫了一扇電梯門。

「太認真了吧，連電梯都畫上去？」只見門框右側畫了兩顆按鍵，地上還有在此排隊的箭頭指示圖案。我用食指關節敲了敲上樓的按鍵，只聽到咚咚咚的回聲，電梯門當然沒有反應。

「什麼都沒有啊。」

「你同學真的是從這裡消失？」

「如果在牆上看到你同學的畫像，那就超詭異了！」

這個騎樓裡面其實是ㄇ字型的走道，我邊走邊四處亂敲，牆壁聽起來是實心的。回到畫有箭頭圖案的地方時，我一手撐著電梯門，一手拿著自拍棒，抬腳往地面跺下去，但感覺起來不像有通往地下室的暗道。

不知怎地，突然我手一滑，整個人摔倒在地……

發生什麼事？我轉頭一看，電梯門居然旋開一條縫！是暗門！我趕緊撿起自拍棒，正要對著鏡頭講話……咦，螢幕怎麼黑了！我急忙檢查手機，天啊，摔壞了！怎麼辦？

我探頭往門縫裡窺視，裡頭好像沒人……好吧，雖然沒辦法直播，但我一定要弄清楚怎麼回事，明天直播時才可以拿出來說嘴。

我推了一下那道暗門，沒想到並不重，稍微用力就推開了。我以半蹲的姿勢慢慢前進。天空還在飄雨，沒有月亮的夜色昏暗，我進去的地方很像後院，前方是兩層樓的建築。建築物的後門似乎沒開，但是透著光的窗戶並未闔上，聽得到有人在室內交談。

我靜悄悄的蹲在窗下偷聽。

「你口袋裡面裝了什麼東西？」

「你們店的商品。」

「什麼商品？」

「咖啡包和小熊軟糖。」問話的是大人，回答的是小孩。可是，這個聲音聽起來好耳熟，很像是……

「你有付錢嗎？」

「沒有。」

咦，不會吧，那是黃宗一的聲音！他怎麼會在這裡？他不是在線上看我直播嗎？為何同時出現在這個地方？

「那就是偷，對吧？」

「不是偷。」

「小朋友，不要說謊喔。」

「我不能說謊。」

絕對是黃宗一沒錯，只有他才會這樣講話，一副就算天塌下來也照樣氣定神閒的樣子。

「不是偷，也不能說謊，這是什麼意思？你到底來幹嘛？」

「蒐集資料。」

「蒐集什麼資料？」

「我不能說謊，但我可以拒絕回答。」

一陣沉默。氣氛不對，我開始為黃宗一捏冷汗。他到底在幹嘛？

「你這個小孩很古怪。」

突然響起碰的一聲，像是有東西被打飛了。

「把他抬出去，找個地方處理掉。」

我嚇得不敢動彈，深怕一個不小心，自己會是下一個被處理掉的人。我以最輕盈的動作撤退，先離開後院，然後退出暗門，再以這輩子最敏捷的速度衝出街區。

報警，對，趕快報警……但媽呀，我的手機壞了……怎麼辦？

直接去找邱政，請他爸爸出面調查……但是，邱政會先打我回

票：「證據咧？口說無憑，警方不會出動的。」

沒錄到影像做為證據，就算我說破嘴，他也不會相信我看到牆上有暗門，門後有黃宗一遭到攻擊，而且面臨生命危險……更何況我才十二歲，根本不能直播，警察會不會對我怎麼樣？早知道就不要碰直播……我愈跑愈慢，終於停下腳步。

抹去臉上的雨水，我仍看不清盡頭會是什麼結局。空無一人的路上雖有街燈，卻無法為我指點迷津。

我說服不了邱政，因為我是放羊的孩子……

……待續……

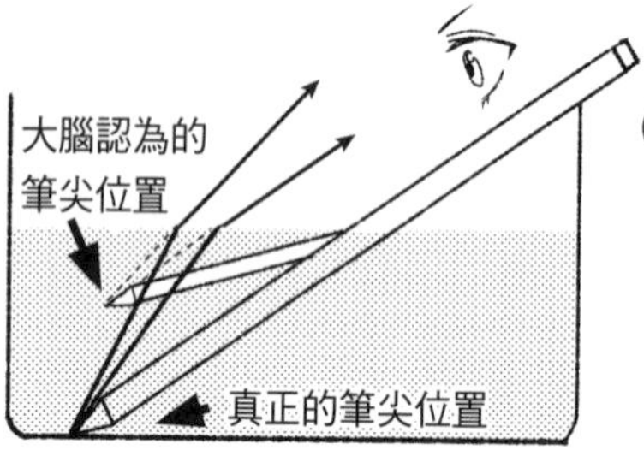

▲光由水進入空氣時發生折射

由於大腦會將光線視為直線前進，判斷物體所在位置時因此發生偏差，使我們誤以為鉛筆折斷了。

如果光線穿過介質時，折射角度很大，大到讓光線無法穿過，而朝著原本的介質反射回來，這種現象叫「全反射」。錢幣消失的魔術，運用的正是全反射的原理：

▶空杯時，光線由杯底到杯內，再穿過杯側的玻璃。

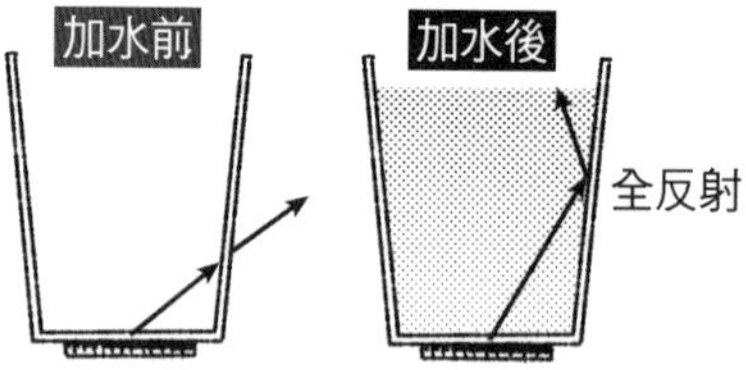

◀裝水後，光線抵達杯側的玻璃時角度過大，因此發生全反射。

因為全反射，由錢幣處出發的光線無法抵達我們位在杯側的眼睛。沒有光，也就無法看見。那麼請想一想，若想看到杯底的錢幣，該從哪裡觀察呢？

科學眼 入射光線和法線間的夾角稱入射角，當入射角大於某個值，光線會無法折射而反射回來。

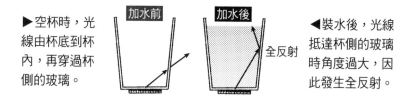

破案之鑰

明明存在的東西為什麼會看不見？

記得嗎？能看見，是因為光線進入眼中，再由大腦判別，告訴我們看見什麼。因此如果光線發生彎曲、偏折，我們眼中的物體也會跟著變形。這裡有個經典例子：

鉛筆插入水中看起來像是折斷了，這是因為光線發生偏折——折射，使行進方向改變。若從光由空氣進入水中的點畫一條與水面垂直的線，光的行進方向會往這條垂直線偏折。相反的，若光由水下往空氣行進，則往遠離這條線的方向偏折。不同介質造成的偏折程度各自是固定的。

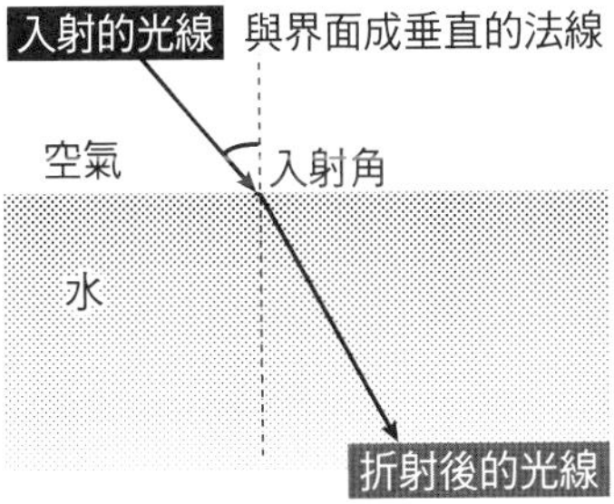

▲光由空氣進入水中，朝向法線偏折。

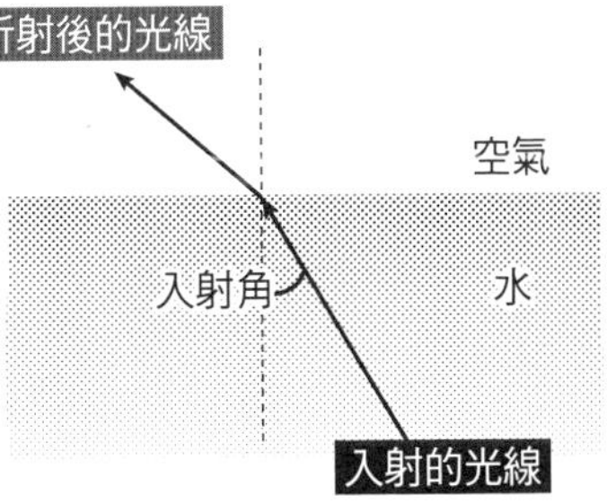

▲光由水中進入空氣，遠離法線偏折。

少年一推理事件簿 5 科學怪探的祕密・上

作者／翁裕庭
繪者／步烏＆米巡
破案之鑰／陳雅茜

出版六部總編輯暨責任編輯／陳雅茜
美術主編暨版面設計／趙璦
特約行銷企劃／張家綺

發行人／王榮文
出版發行／遠流出版事業股份有限公司
地址：臺北市中山北路一段 11 號 13 樓
電話：02-2571-0297　傳真：02-2571-0197　郵撥：0189456-1
遠流博識網：www.ylib.com　電子信箱：ylib@ylib.com
著作權顧問／蕭雄淋律師

ISBN ／ 978-957-32-9898-4
2023 年 1 月 1 日初版

定價・新臺幣 280 元

國家圖書館出版品預行編目 (CIP) 資料

少年一推理事件簿 . 5, 科學怪探的祕密 . 上 / 翁裕庭
作 ; 步烏＆米巡繪 . -- 初版 . -- 臺北市 : 遠流出版事業
股份有限公司 , 2023.01　　面；　公分
ISBN 978-957-32-9898-4 (平裝)
863.59　　　　111018239